贾梦玮 著

红颜

上海文艺出版社

修订版前言

这本小书原名《红颜挽歌》，写于 1998 年，出版于 1999 年，丁帆老师作序，至今已四分之一世纪。丁帆师的肯定与鼓励至今尤响在耳，无论是当编辑、写作，还是做人，我从未敢懈怠、马虎。当年小书出版后，潘向黎、贺仲明等作家、批评家曾撰文推荐，书中的几乎每篇小文都曾被各种媒体转载，也算是小有影响。今日重读我三十岁时的作品，有时觉得似曾相识，有时像是读别人的文章，但仍时有会意、会情、会心处。

也曾收到一些读者来信，好意指出我书中的一些谬误。其中有一位读者，他（她）或许就是一位作家或者学者，为《红颜挽歌》做了详细的勘误表，但只是提醒，用"可能是""或许是某某之误"，从不直接指认我的错误，其风度令我感佩之至。想到如今有些人抓逮别人错误时的尖酸刻薄，我就特别想念他（她）。只是时间久远，我这个负义之人已经忘其姓名。这次再版，保留了"序"和"后记"，正文也基本保持原样，只对一些明显的错误做了修订，大多是他（她）当年指出的。修订版的出版，也是"无名"的感谢。丁帆师序中所说"不够圆熟"的一面当然也保留了下来，算是留下自己年轻时的脚印，也是为了留证自己年轻时的"义气"吧。因《红颜挽歌》当时是丛书中的一本，"总序"未保留，不过主编李元洛、周实两位先生说《红颜挽歌》"款款深情，亦悲亦丽"，也许道出了它的风格个性。

如今的我已是中年意绪，不肯做什么"挽歌"，此次再版特地将书名改为《红颜》，去掉了"挽歌"二字。"青山憔悴卿怜我，红粉飘零我忆卿。"男女之间互相依存、相互取暖。我不为她唱"挽歌"，也是为了我自己。

红颜薄命，不管是男人还是女人，都不愿意这样的事情发生。我知道不少红颜薄命的事例，但每次听到类似的故事，心中还是免不了伤感、痛惜。"愿将天上长生药，医尽人间短命花。"（李叔同《戏赠蔡小香四绝·之四》）我想，要破除"红颜薄命"这个魔咒，女性的内、外部都能有所革命，方可奏效。《红颜》只是在努力寻找其某些症结，遗憾未能开出药方。

2024 年 1 月

序:《红颜挽歌》的底蕴

丁 帆

读完《红颜挽歌》,我仿佛走进幽静的历史深处,在那深幽的宫墙内窥见了斑驳的红颜血迹,乃至听到了那发自时间隧道深处的悲号与呐喊。而作者每每在倾注其血泪的抒情笔端,痛陈三千多年来的历史偏见时所表现出的思想张力和艺术激情,始终将我的思绪引领到对现实社会的更深思考之中。

或许这就是此书的人文魅力藏于艺术表现之下的缘故罢。

中国的后宫,作为一种政治文化和宫廷文化的象征,它的神秘性便成为三千多年来文学创作的最好题材,然而根深蒂固的封建传统观念对后宫女性的男性化视阈的扫描,难免使后宫的故事抹上了一层坚硬的外壳,也使其中的女性失去了她原来的红颜容貌。正如鲁迅先生所言:"历史上亡国败家的原因,每每归咎女子。糊糊涂涂的代担全体的罪恶,已经三千多年了。"(《坟·我之节烈观》)收在这个集子里的许多篇什都是在作翻案文章,从《"祸水"之"水"》到《此恨绵绵》,可谓写尽了作为后宫女性在如磐的历史巨石挤压下的悲悯、愤懑与号哭。亦如鲁迅先生所言:"我一向不相信昭君出塞会安汉,木兰从军就可以保隋;也不信妲己亡殷,西施沼吴,杨妃乱唐的那些古老话。我以为在男权社会里,女人是决不会有这种大力量的,兴亡的责任,都应该男的负。但向来的男性的作者,大抵将败亡的大罪,推在女性身上,这真是一钱不值的没有出息的男人。"(《且介亭杂文·阿金》)缘此而行,作者思想途径迈入的是"专制制度使'水'成了祸国的'祸水',使'美'成了'祸',可见专制制度祸'美'、祸'人'的本质"(《"祸水"之"水"》)。将后宫逸事中的女性主角提升到大写的人的层面进行历史的重新审视,恐怕是作者创作始终的绵绵思绪。将"此恨绵绵"的思绪泅化开去,我们在爱情的挽歌中找到了现代社会思想真谛的另一路径:"爱情已经成了现代人类污染和异化最严重的领域之一。"(《此恨绵绵》)我们须得鞭笞的是人类爱情繁衍中的诟病。由此作者诟病扮演杨玉环的女演员的那段话便更耐人寻味了。物化时代给人类心灵的涂炭是何等地触目惊心,现代人的爱情已然退化到连李、杨之间的真挚都消遁的地步,而完全是赤裸裸的利害关系,不得不令人感慨系之。

其实,作者更多地是站在一个非男性非女性的视角——一个完全人性和人道主义的纯粹眼光——来透视这些处于历史夹缝中的人的。开宗明义,在开篇之作《此情脉脉——说宫怨》和《红颜狰狞——说宫妒》中,作者已经清晰地将后宫女性的悲剧性格的两重性做了辩证的历史分析。这样的思维逻辑同样贯穿于像《无字碑》和《从兰儿到慈禧》这样的优秀篇什中。武则天的政绩和她的残忍所构成的一个真实的武则天亦如那块"无字碑"一样,书写着中国女性难以诉说的种种隐情:"无字碑既是武则天之碑,也可以说是千千万万个中国古代妇女之碑。 20世纪末的今天,如果为武则天作传,无字碑上,我们又能写些什么?"(《无字碑》)同样,作者在分析慈禧的两面性时,是将她放在一个专制体制中去进行人性而非女性的放大剖析,则更能击中那个"积重难返,霉味十足"的大清帝国必将崩溃的要害:"专制这霉菌孢子真是够厉害的,在它的腐蚀下,兰儿变成了慈禧老佛爷。"(《从兰儿到慈禧》)由此,我们看到的则是国粹的魔力!

正如作者在本书的作结篇《今日后宫》中所言:"是否可以这样说,男女潜意识里都有占有更多异性的愿望?那么,真正专一的情感与肉体呢?"也许在这里我们寻觅到了本书的宗旨所在——寻觅真正属于现代人类的情爱和性爱——这是现代社会中的现代人战胜自我的两难命题。

在众声喧哗的女权主义文化理论的热潮中,贾梦玮写这本小书的意义所在是不言而喻的:"我既无意于做女权主义者,也无意于做女权运动的支持者,我希望我是一个'人'(男人女人,女人男人)权主义者。对于历史人物,对于历史上的后妃,还她们生命本体的本来面目,揭示遮蔽、压抑女性生命本体和人类爱情婚姻本质的种种因素,是我写作这本小书的始点和终点。"见仁见智,读者诸君是否能读出其中之况味,恐怕尚待时间来检验。

贾梦玮是一个勤勉的青年,在其研究生就读期间就对中国现代散文的创作有着颇具功力的研究。毕业后赴《钟山》做编辑工作之余，亦始终不辍其笔，除了研究文章之外，终于走上了自己动手创作散文随笔的道路，由理论而及创作，这是一个由理性到感性的发展过程，从中，我们可以看出作者思想深邃的一面；同时，我们亦可看出作者在艺术上尚不够圆熟的一面。但我以为，凭着他的灵性和感悟，一定会在散文创作领域内取得令人刮目相看的成就的。

这是我的祈祷，但愿它会成为不久将来的现实。

是为序。

1998 年 9 月 14 日夜

于紫金山下

目 录

i 修订版前言

v 序：《红颜挽歌》的底蕴（丁帆）

1 此情脉脉——说宫怨
27 红颜狰狞——说宫妒
42 江山美人
59 "祸水"之"水"
69 国王的绿帽
75 西施的归宿
82 关于虞姬
88 汝欲何为
95 传世国宝
102 墓草青青

118	邓绥的尴尬
127	薄命红颜
138	丑陋的皇后
143	孩子他娘
149	乐耶乐也
153	忠贞的前提
160	无字碑
183	效颦东施
189	梅在深宫
203	此恨绵绵
216	刘后的出身
225	花蕊飘零
236	贤内助
246	"杀妇成仁"
255	童妃案
261	母性的胜利
276	话说香妃
287	从兰儿到慈禧
303	今日后宫

309　　　　　　　　　后记

313　　附录：红颜的知己（潘向黎）

此情脉脉

——说宫怨

> 长门事,准拟佳期又误。蛾眉曾有人妒。千金纵买相如赋,脉脉此情谁诉?
>
> ——宋·辛弃疾《摸鱼儿》

我多次去过故宫,每次都发现:中轴线上的大殿游人熙熙攘攘,而宫人们所在的东西长街却冷冷清清。居于中轴线的宫殿巍峨矗立，可以想见帝王的赫赫威严。游客们争相拍摄金銮殿里高高在上的灿灿御座，口中啧啧有声，脸上不无艳羡之色。东西长街，人去屋空，红颜已无法寻访，只有古树、枯井和泪渍斑斑的红墙。幽怨之气弥漫在树梢井口，潮潮湿湿，隐隐带着呜咽，那当然是眼睛所无法看到的。看得到的是宫怨诗，黄黄的书页挤得出泪、挤得出血。中国专制统治和封建后妃制度"历史悠久"，宫怨文学也就幸甚、兴盛，堪称世界第一。这恐怕不是一个只值得文学史家们研究的现象。

皇帝作为"天子""人主"，其"主人翁"地位既体现在前殿，也体现在后宫。他是天下财富的拥有者，而在他看来，女人可以说是"财富"的主要内容之一。皇帝至高无上，一无监督，毫无顾忌，一旦登位，必然罗致天下美女，充实三宫六院，以及无数的离宫别馆。不管是和平年代还是战乱年代，皇帝的后宫总是美女如云。秦始皇凭借他的赫赫武功，掠夺六国妃嫔为己有，后宫美女济济。杜牧《阿房宫赋》云："明星荧荧，开妆镜也；绿云扰扰，梳晓鬟也；渭流涨腻，弃脂水也；烟斜雾横，焚椒兰也；雷霆乍惊，宫车过也……"打开妆镜，多如繁星；清晨梳鬟，发如绿云；泼弃的脂水，使渭水变腻；宫中点燃椒兰的烟雾，飘满空中。可见始皇帝后宫美女之盛。大致从汉代起，皇帝后宫选秀女形成制度，每年或数年一次，宫廷派内侍去各地选拔良家女子，充实后宫。《后汉书·皇后纪》记载，汉代每年八月由中大夫、掖庭丞及相工（相面的术士），到洛阳乡中，挑选良家少女，年十三以上、二十以下，姿色端丽，合法相者，载还后宫。然后经掖庭主管择视可否，供皇帝淫乐。自此，皇帝抢占民女合法化且制度化。

后宫美女人数众多，作为率领群芳的皇帝，也有选择困难。帝王们别出心裁，发明了一些临幸选芳之道。风流的唐玄宗李隆基发明了一种"随蝶所幸"的方法：让妃嫔插戴鲜花，玄宗捉粉蝶放之，蝶飞到哪儿,他就到哪儿过夜。他还叫宫人们投币赌胜负,胜者可以陪他睡觉。直到杨贵妃专宠,这些游戏才停止。对于众多的宫人们来说,她们是根本谈不上什么选择的。而后宫中能称得上男性的只皇帝一人,他一人的雨露对后宫众人来说,有如杯水车薪。正如白居易《后宫词·之一》所云:"雨露由来一点恩,争能遍布及千门。三千宫女胭脂面,几个春来无泪痕?"宫女们一旦跨进宫门,就再难跨出宫门一步,就意味着葬送了青春、爱情和生命。漫漫长夜,她们忍受着生命的饥渴,月亮圆了又缺缺了又圆,寒暑更迭,春去冬来,青丝染成了白发,红颜成了枯萎的花朵。大多数宫女可能一辈子连皇帝的面也见不上,在使婢生涯中度过了青春;中年以后,有的被许配给宦官做伴,有的被送到紫禁城的西北部打杂养老,做点针线活儿请太监带出宫外换点零用钱;最后老病而死,尸体还不许家人认领,经过火化后,埋葬于没有标记的坟墓。这是封建专制对人性最残酷的扼杀,是人类历史上的极罪之一。

白居易《上阳白发人》中的上阳白发人是宫人的典型：

上阳人，上阳人，红颜暗老白发新。绿衣监使守宫门，一闭上阳多少春。玄宗末岁初选入，入时十六今六十。同时采择百馀人，零落年深残此身。忆昔吞悲别亲族，扶入车中不教哭。皆云入内便承恩，脸似芙蓉胸似玉。未容君王得见面，已被杨妃遥侧目。妒令潜配上阳宫，一生遂向空房宿。宿空房，秋夜长，夜长无寐天不明：耿耿残灯背壁影，萧萧暗雨打窗声。春日迟，日迟独坐天难暮：宫莺百啭愁厌闻，梁燕双栖老休妒。莺归燕去长悄然，春往秋来不记年。唯向深宫望明月，东西四五百回圆。今日宫中年最老，大家遥赐尚书号。小头鞋履窄衣裳，青黛点眉眉细长。外人不见见应笑，天宝末年时世妆。上阳人，苦最多。少亦苦,老亦苦,少苦老苦两如何!君不见,昔时吕向《美人赋》,又不见,今日上阳宫人白发歌?

上阳人悲惨的一生让人惊悚不已。"寥落古行宫,宫花寂寞红。白头宫女在,闲话说玄宗。"(元稹《行宫》)青春与激情均已逝去,闲来白首相聚,也只能议论议论偶尔来过行宫的玄宗皇帝了。

《新唐书·后妃列传》记载:"正月望夜,帝与后微服过市,彷徉观览,纵宫女出游,皆淫奔不还。"可见宫女们的性饥渴到了何种程度。但宫女的这种机会是太少了,绝大多数人一辈子只能在宫中苦熬着漫漫长夜。"泪湿罗巾梦不成,夜深前殿按歌声。红颜未老恩先断,斜倚薰笼坐到明。"(白居易《后宫词》)"露湿晴花春殿香,月明歌吹在昭阳。似将海水添宫漏,共滴长门一夜长。"(李益《宫怨》)漏声滴滴,长夜漫漫,她们就这样把青丝熬成了白发。

后宫中不乏才女,她们的幽怨之情因此常能发而为诗。汉成帝时的班婕妤(班固的姑祖母)是自创宫怨诗的代表。成帝初,班婕妤因才色双全被选入后宫,大幸,封为婕妤。但自赵飞燕姐妹入宫,班婕妤失宠。为免祸及全家,她请去长信宫侍奉太后,自愿过孤寂的生活。她除了模仿司马相如作有《自悼赋》外,还写有一首著名的《怨歌行》:

新裂齐纨素,鲜洁如霜雪。
裁为合欢扇,团团似明月。
出入君怀袖,动摇微风发。
常恐秋节至,凉飙夺炎热。
弃捐箧笥中,恩情中道绝。

她担心自己像鲜洁如雪的合欢扇,炎夏时君王爱不释手,秋凉之后却被弃捐箧笥。此诗用比兴手法抒写宫人唯恐失宠的典型心态,引起了后世众多宫人和仕人的共鸣。班婕妤在宫中自甘寂寞多年,还写有一篇《感伤赋》。此赋论辞藻文采不亚于司马相如的《长门赋》，论感情比《长门赋》更凄切感人。她经过宫中的繁华和君王的宠幸后，在同一空间环境中，听着不远处传来的阵阵箫鼓，宁愿过孤寂凄凉的生活，需要很高的旷达与自律，非一般人所能做到。班婕妤在赋的最后如此自我安慰："惟人生兮一世，忽一过兮若浮，已独享兮高明，处生民兮极休。勉虞精兮极乐，与福禄兮无期。《绿衣》兮《白华》，自古兮有之。"班婕妤如此旷达自处，才勉强能在后宫恶劣的生存环境中得享天年。

班婕妤所说的"弃捐箧笥中，恩情中道绝"是绝大多数后宫妃嫔的命运。自有专制始，女人作为私有财产是完全听其主人支配处置的。作为"至尊"的皇帝，后妃制度也使其行为合法化——有法都可以不依，何况合法？喜新厌旧是完全符合他们思想行为的逻辑的。专制制度是产生宫怨的根本原因。魏文帝曹丕宠爱甄妃十几年之久，按照正史的记载，原因就在于甄妃是一位颇合封建男性统治者胃口的典型的淑女。《魏书》说，甄妃从不争风吃醋，反而劝丈夫多纳妾；有无辜的妃嫔被贬，她还帮助求情说好话。就是这样一位贤淑女子，因被曹丕新欢郭贵妃所谮，竟被曹丕赐死于后宫。甄妃貌美，且才情出众，受曹丕冷落时，以诗解愁，曾作《塘上行》一首：

蒲生我池中，其叶何离离。傍能行仁义，莫若妾自知。众口铄黄金，使君生别离。念君去我时，独愁常苦悲。想见君颜色，感结伤心脾。念君常苦悲，夜夜不能寐。莫以豪贤故，弃捐素所爱。莫以鱼肉贱，弃捐葱与薤。莫以麻枲贱，弃捐菅与蒯。出亦复苦愁，入亦复苦愁。边地多悲风，树木何修修。从军致独乐，延年寿千秋。

自诩为建安文坛领袖的曹丕不可能读不出诗中

甄妃对他的一片深情。但后宫美女如云的曹丕能珍惜这份感情吗？曹丕不但不领这份情，反而以甄妃借诗怨君为由令其自尽。可惜一代名妃，香消玉殒，年仅四十岁。

普通宫女的命运就更加可想而知，不少人可能一辈子跟皇帝连一句话也说不上。《炀帝迷楼记》载，隋炀帝后宫宫女无数，虽说这位荒淫帝王有超人的性欲，但终究无法遍幸。在一群未得进御的宫女中，有位侯夫人自伤虽有美艳的容貌和肉体，却无缘为皇帝所幸，最终愤而自杀。侯夫人死后，同伴们发现了她所写的《自感》诗三首、《春梅》两首和《遣意》《自伤》等多首哀艳欲绝的宫怨诗。其中《自感》三首如下：

庭绝玉辇迹，芳草渐成窠。
隐隐闻箫鼓，君恩何处多？

欲泣不成泪，悲来翻强歌。

庭花方烂漫，无计奈春何？

春阳正无际，独步意如何。
不及闲花草，翻承雨露多！

这三首诗典型地抒写了宫女寂寞凄凉的哀愁和人不如草的境地。《自伤》诗回顾入宫七八年，却从未见过君王，夜夜独卧空房的经历，以及幽怀感伤、不能自禁的心路历程，"此身无羽翼，何计出高墙""毅然就死地，从此归冥乡"，她用自己的生命向惨无人道的后妃制度表示了强烈的抗议。

即使一时得宠，即便贵为皇后，一旦年老色衰，或在争宠中失败，也会被皇帝弃之不顾，打入冷宫，甚至性命不保。后妃的主要任务是两项：一是以色事君，二是繁衍龙种。以色事君是后妃失宠的根本原因之一。汉武帝李夫人的一段话颇能说明问题。李夫人受汉武帝宠爱，一次重病，汉武帝亲自去看望。李夫人用被衾蒙面，说自己病重日久，面容毁坏，不可见帝；武帝定要观其面，李夫人背过身去不再作声，弄得武帝很不高兴。李夫人的姊妹等武帝走后埋怨她说：你为何不见皇上，托付兄弟呢？反使皇上如此怨恨。李夫人回答说："我以容貌之好，得从微贱爱幸于上。夫以色事人者，色衰而爱弛，爱弛而恩绝。上所以挛挛顾念我者，乃以平生容貌也。今见我毁坏，颜色非故，必畏恶吐弃我，意尚肯复追思闵录其兄弟哉！"（《汉书·外戚传》）红颜凋零，过去的恩爱再也无法找回，寂寞哀怨将伴其终身。

汉武帝原配陈皇后是失宠后妃的典型。陈皇后嫁给武帝后，娇宠一时。遗憾的是，她未能为汉武帝生儿育女，又见谗于武帝新宠卫子夫，被武帝罢退长门宫，不再相见。宫花寂寞，雨滴梧桐，陈皇后无奈之下，以千金黄金为酬，请武帝时的大文学家司马相如用其生花妙笔，传写自己幽居长门宫，愁苦孤寂，盼望武帝幸临的情景。这就是著名的《长门赋》，《昭明文选》将其列在"哀伤类"：

夫何一佳人兮，步逍遥以自虞。魂逾佚而不反兮，形枯槁而独居。言我朝往而暮来兮，饮食乐而忘人。心慊移而不省故兮，交得意而相亲。伊予志之慢愚兮，怀贞悫之欢心。愿赐问而自进兮，得尚君之玉音。奉虚言而望诚兮，期城南之离宫。修薄具而自设兮，君曾不肯乎幸临。廓独潜而专精兮，天漂漂而疾风。登兰台而遥望兮，神恍恍而外淫。浮云郁而四塞兮，天窈窈而昼阴。雷殷殷而响起兮，声象君之车音。飘风回而赴闺兮，举帷幄之襜襜。桂树交而相纷兮，芳酷烈之闾闾。孔雀集而相存兮，玄猿啸而长吟。翡翠胁翼而来萃兮，鸾凤翔而北南。心凭噫而不舒兮，邪气壮而攻中。下兰台而周览兮，步从容于深宫。正殿块以造天兮，郁并起而穹崇。间徙倚于东厢兮，观夫靡靡而无穷。挤玉户以撼金铺兮，声噌吰而似钟音。刻木兰以为榱兮，饰文杏以为梁。罗丰茸之游树兮，离楼梧而相撑。施瑰木之欂栌兮，委参差以槺梁。时仿佛以物类兮，象积石之将将。五色炫以相曜兮，烂耀耀而成光。致错石之瓴甓兮，象瑇玳之文章。张罗绮之幔帷兮，垂楚组之连纲。抚柱楣以从容兮，览曲台之央央。白鹤噭以哀号兮，孤雌跱于枯杨。日黄昏而望绝兮，怅独托于空堂。悬明月以自照兮，徂清夜于洞房，援雅琴以变调兮，奏愁思之不可长。案流徵以却转兮，声幼妙而复扬。贯历览其中操兮，意慷慨而自卬。左右悲而垂泪兮，涕流离而从横。舒息悒而增欷兮，蹝履起而彷徨。揄长袂以自翳兮，数昔日之愆殃。无面目之可显兮，遂颓思而就床。抟芬若以为枕兮，席荃兰而茝香。忽寝寐而梦想兮，魄若君之在旁。惕寤觉而无见兮，魂迋迋若有亡。众鸡鸣而愁予兮，起视月之精光。观众星之行列兮，毕昴出于东方。望中庭之蔼蔼兮，若季秋之降霜。夜曼曼其若岁兮，怀郁郁其不可再更。澹偃蹇而待曙兮，荒亭亭而复明。妾人窃自悲兮，究年岁而不敢忘。

这篇作品的确将陈皇后孤寂期待的心情写得十分凄艳动人，《长门赋》遂成了"宫怨"的代名词。但司马相如的文章虽写得好，也未能使汉武帝回心转意。宫怨深阔似海，他武帝管不了那么多；况且他身边有的是美人相伴。《昭明文选·长门赋序》说："相如为文以悟主上，陈皇后复得亲幸。"这完全是歪曲事实。昭明太子大概是一个酷爱文学、崇拜文学的人，他是不忍心让文学一败涂地，历代文人总是在迷恋着文学的伟大作用。其实，在专制体制之下，在专制统治者面前，文学能起得了多大作用呢？专制体制无疑是反文学的。据史记载，大概是公元前110年，陈阿娇陈皇后这个美丽的囚徒死在了长门宫，临死之前，她是否回忆起了"金屋藏娇"的许诺？《长门赋》最后留下的只是虚幻的文学佳话。

《长门赋》一出，仿作颇多。唐玄宗的梅妃在杨玉环专宠之前，曾见宠于玄宗。杨玉环进宫，梅妃被迫幽居上阳宫。梅妃很想学学陈皇后，于是请高力士觅一个像司马相如那样的大手笔，以向玄宗传达自己的幽怨之情。但高力士当时正在拍杨玉环的马屁，竟推托无法找到才情如司马相如者，不肯帮这个忙。无奈之下，梅妃只好自作《楼东赋》："玉鉴尘生，凤奁香殄，懒蝉鬓之巧梳，闲缕衣之轻练。苦寂寞于蕙宫，但凝思乎兰殿。信摽落之梅花，隔长门而不见。况乃花心飐恨，柳眼弄愁，暖风习习，春鸟啾啾。楼上黄昏兮，听风吹而回首；碧云日暮兮，对素月而凝眸……奈何嫉色庸庸，妒气冲冲，夺我之爱幸，斥我乎幽宫。思旧欢之莫得，想梦著乎朦胧。度花朝与月夕，羞懒对乎春风。欲相如之奏赋，奈世才之不工。属愁吟之未尽，已响动乎疏钟。空长叹而掩袂，踌躇步于楼东。"此赋文采虽不及《长门赋》，但它质朴直率，又出自失宠妃嫔本人之手，情深怨切。据说，玄宗读此赋后，沉浸在往时的回忆之中，良久无言。只是唐玄宗当时已坠入杨玉环的情网，难续往日之恩爱了。为了表示旧情不忘，玄宗曾暗赐梅妃珍珠一颗。梅妃不受，回诗一首："柳叶双眉久不描，残妆和泪污红绡。长门自是无梳洗，何必珍珠慰寂寥。"幽居冷宫的妃嫔们精神上的创伤和生理上的折磨，绝非一粒珍珠所能安慰的。

不是所有的妃嫔都能请到司马相如那样的大手笔，也不是所有的宫女妃嫔都能吟诗作赋——即使写出来也很难有机会呈奏皇帝——绝大多数宫人只能默默忍受漫漫时月的煎熬。范摅《云溪友议》载："明皇代以杨妃虢国宠盛，宫娥皆颇哀悴，不备掖庭，常书落叶随御沟而流云：'旧宠悲秋扇，新恩寄早春，聊题一片叶，将去接流人。'顾况著作闻而和之，既达宸聪，遭出禁内者不少。"又载，诗人卢渥应举，得御沟红叶，题云："水流何太急，深宫尽日闲，殷勤谢红叶，好去到人间。"这些红叶上的题诗，仍寄托着宫女们的一线希望。

她们只能借御沟流水,向世人透露她们的寂寞和痛苦。

历代后宫不乏才女,但她们的作品能流传下来的很少;流传下来的"宫怨"作品大多为文人仿作、拟作。文人参与恐怕是中国"宫怨"文学兴盛的最主要的原因,著名的《长门赋》就出自御用文人司马相如之手。这恐怕也是中国一大独特的人文景观。

由士而仕是中国古代知识分子向往的人生道路,因此,受雇于皇帝的"臣"一般来说都是知识分子,"宫怨"之作也都出自为"臣"或曾经为"臣"或现在暂未为"臣"而一心想为"臣"的知识分子之手。这当然不是历史的偶然,也不是宫怨文学对"士"或"仕"的特意垂青。

从秦汉至明清,几乎没有一个君主不想把生杀予夺大权集于一身(清亡以后,这样的人还有,比如袁世凯……)。当然,他们也是有"道理"的,比如"天无二日,国无二主",比如"君要臣死,臣不得不死"。孔子说:"君君,臣臣,父父,子子。"韩非说:"能独断者,故可以为天下主。"西汉哲学家董仲舒创立的天人感应学说,进一步神化君主专制主义,论证君主的独裁是秉承上天的旨意,并创立阴阳三纲理论,所谓"君臣、父子、夫妇之义,皆取诸阴阳之道。君为阳,臣为阴;父为阳,子为阴;夫为阳,妻为阴"。(《春秋繁露·基义》)于是有"独尊儒术,罢黜百家"。子虽为"阴",却可以为"君"为"夫"而成为"阳";况子为己出,自己身上掉下来的肉,地位再差也差不了哪里去。"臣"与"妻"都属阴,皆为异己,只不过拿过来为自己所用或暂且用之,二者在皇帝老儿心目中的地位也差不到哪里去。妃嫔们在皇上面前自称"臣妾",可见她们是明白这一点的。东汉桓谭说:"夫士以才智要君,女以媚道求主。"途径相异,目标一致,异曲而同工,均为事主。可见,中国的仕(士)们亦心里明白。《忠臣谱》与

《烈女传》实可互为诵读。为博美人一笑，皇帝可以诛杀大臣，可见"臣"有时还不如"妾"。

仕（士）不过是皇上的"妾"。作为"妾"，仕（士）们对皇帝当然得争宠邀宠，曲以承欢，精神与肉体尽予交付；皇上也尽可以玩他们于股掌之间，精神的强奸与肉体的摧残都算不了什么。专制之下，皇上当然不喜欢你待在那儿瞎想，谈什么精神自由；肉体当然是小意思，让你"自裁"你就得"自裁"，"推出午门"马上就"推出午门"，"五马分尸"就得"五马分尸"，你还得跪拜"接旨""谢主隆恩"。

中国知识分子多红颜知己，因他们的命运与女性特别是宫人一致，所以同病相怜。士大夫失宠被贬时，更需美人相伴，偎红依翠，泪水涟涟。欧阳修被贬滁州时所作《啼鸟》诗中就有"春到山城苦寂寞，把盏常恨无娉婷"之句。落魄的文人往往喜欢与妓女厮混在一起，让红巾翠袖，揾英雄泪。这里面除了同病相怜外，恐怕还有妓女比宫人、比

"臣"、比"妾"更多一些身心自由的缘故吧。

中国文人的"宫怨"作品可谓车载斗量，仅清代蘅塘退士编选的《唐诗三百首》中有关"宫怨""思妇"等题材的作品就不下二十首。对于中国文人来说，有"宫怨"情绪，精通文采，当然可以多作。中国有深远的舞文弄墨的传统，"宫人""妓女"都写诗抒写幽怨之情，何况文人？李白、白居易等大诗人均写有多首"宫怨"诗，且写得"情真意切"，可见中国文人与宫人在情感和精神气质上是多么地接近。李白写有《玉阶怨》、《长门怨》二首、《白头吟》、《妾薄命》等宫怨诗，每每是诗人的自况。《妾薄命》为汉武帝陈皇后而作："汉帝重阿娇，贮之黄金屋。咳唾落九天，随风生珠玉。宠极爱还歇，妒深情却疏。长门一步地，不肯暂回车。雨落不上天，水覆难再收。君情与妾意，各自东西流。昔日芙蓉花，今成断根草。以色事他人，能得几时好？"李白天才奇特，贺知章见其诗文曾叹为"谪仙人也"。因贺知章的举荐，玄宗皇帝让其供奉翰林，眷遇颇优。太白供奉翰林时，为文章侍从，不过以艳词丽句博取君王欢心而已，可谓"以色事他人"。不久，李白因忤杨贵妃，被玄宗放还，"君情与妾意，各自东西流。昔日芙蓉花，今成断根草"。李白之宠自然不能与贵妃相比，"臣不如妾"再得印证。"谪仙"成了"谪臣"，宠妾失宠，风流潇洒之"诗仙"李白也不能免"怨"。

白居易最后虽官至刑部尚书，但也曾有过失宠被贬为江州司马、湿了青衫的时候；况伴君如伴虎，因此无时不提心吊胆。白居易所作《后宫怨》《后宫词》《上阳白发人》等宫怨诗都很著名，往往借宫女的不幸，寄托自己政治上的失意之情，表现了他唯恐失宠的心态。君子者，"修身、齐家、治国、平天下"也，而"天下之命，悬于天子"，得罪了皇上，不能尽忠，何以"修、齐、治、平"？

更有意思的是宋朝诗人陈师道。他写有《放歌行》两首，一首如下：

春风永巷闭娉婷，长使青楼误得名。

不惜卷帘通一顾，怕君着眼未分明。

"放歌行"本为乐府旧题，古辞或叹年命无常，或鼓励人际会风云，建功立业。陈师道却用它来假托失意宫人，抒发其耿介自守，至沦落下位的幽怨之情。因苏轼等人的推荐，陈师道以白衣得官，非由"士"而"仕"，因此有"春风永巷闭娉婷，长使青楼误得名"之句（永巷：汉代宫中的长巷，用以幽禁有罪的宫人）。后两句意为：她未尝不肯卷起珠帘来看一眼，略示情愫，但怕对方无眼力，不能识别她的绝色与深情。中国文人这种自屈原以来的酸腐的"政治失恋"心态，让人莞尔不禁之余，也感到隐隐的心痛。

对皇上的薄情寡义，中国的士（仕）们最多也就能写点"宫怨"诗而已。儒家的规矩是"怨而不怒"："怨"可以，使点小性子，无伤大雅；"怒"是怒不得的，既坏了祖宗的规矩，也不符合"天"

意。让你幽居"长门""永巷"也好,贬官撤职也好,打屁股砍脑袋也好,你都得低眉顺眼。不过,宫女们倒是怒过一回,这就是"壬寅宫变"。明嘉靖皇帝朱厚熜荒淫无道,残害宫女。他信奉长生不老术,听说处女经血可使人长生不老,便用药泻宫女经血,致使宫女死伤无数。"怒"也是死,不"怒"也是死,十几名宫女相约夜间用绳子勒死嘉靖皇帝。嘉靖二十一年(1542年,农历壬寅年)十月二十一日晚上,宫女们用绳子套住嘉靖皇帝的脖子,按胳膊的按胳膊、扯腿的扯腿,并用发簪等尖利之物刺其下身。但慌乱之中,错将绳子结成了死结,无法勒紧,让嘉靖皇帝捡了一条命。事发后,参与此事的宫女被凌迟处死。弱女子们"怒"气冲天,用其行动和年轻的生命对封建专制制度表示了强烈的反抗。

封建士大夫们是"怒"不起来的。要去金銮殿杀了"鸟皇帝"的是草莽英雄李逵,而不是从小熟读儒家经典的宋江,"敢把皇帝拉下马"的诗句不可能由宋江们口中吟出。宋江被搞得家破人亡，自己性命不保，被逼无奈，才上了梁山。去梁山的路上，他必定是一步一回头，望着京城的方向。后来，皇帝给他抛了一个媚眼，他立马就率领众兄弟下了山，接受招安，欲投入皇帝的怀抱，以成正果。中国历来的贬臣谪子，被谪贬之后，往往都对皇帝抱有幻想，情恩未绝，希望能再度受宠。虽然失宠远离了皇帝，但心里还是念念不忘，没了皇帝不成了孤魂野鬼？"怒"是万万不敢的；不但不敢，还要吟诗作文，给皇帝暗递秋波，盼皇上回心转意，将其召回重续恩爱。辛弃疾那首著名的《摸鱼儿》流传甚广，但据说宋孝宗看后很不高兴，不知他生的是哪门子气。皇帝的心思真是让人捉摸不透。

王维参禅悟道，是著名山水田园诗人，号称"诗佛"，居然也以中国四大美女之一的西施自况，抒发其"硕果仅存"的忠君情怀：

> 艳色天下重，西施宁久微。
>
> 朝为越溪女，暮作吴宫妃。
>
> 贱日岂殊众，贵来方悟稀。
>
> 邀人傅香粉，不自著罗衣。
>
> 君宠益娇态，君怜无是非。
>
> 当时浣纱伴，莫得同车归。
>
> 持谢邻家子，效颦安可希。

"贱日岂殊众，贵来方悟稀"，中国知识分子的这种酸腐的"宫怨"情结，真是让人心痛不已兼感慨万千。

中国多怨女谪臣，宫怨文学自然兴旺发达。在这一点上，恐怕没有哪个国家敢跟咱泱泱中华古国攀比。不过，故宫东西长街的枯井古树与泪迹斑斑的红墙是没有多少人要看的；金銮宝殿却依旧威严赫赫，称叹艳羡者唏嘘啧啧有声。如此这般，"宫怨"之情恐怕真的要永远"脉脉"下去了。

红颜狰狞

——说宫妒

后宫无疑是一个美的所在。这美,不仅指建筑环境之美(藏娇须金屋),更是指金屋所藏之美、美人之美。历代后宫无不是天下美女集中之地。六宫粉黛,三千佳丽,裙裾沙沙,笑语盈盈,真是赏心悦目,美不胜收。但在专制制度下,后宫常常也是血腥之地。红颜狰狞,玉手染血,让人触目惊心。

后宫往往是前殿的延续，是前殿的副本。

历代后妃制度，尊卑等级之鲜明，与前殿相比，有过之而无不及。《周礼》规定："王者立后，三夫人，九嫔，二十七世妇，八十一女御。"《周礼·天官·内宰》说："王后率六宫之人。"皇后在后宫的地位相当于天子，负责掌管六宫嫔御，协助皇帝施行教化。汉武帝时将后妃爵位列为八等，即后、夫人、美人、良人、八子、七子、长使、少使，又新立倢伃、娙娥、傛华、充依等名目。汉元帝又增昭仪之号，凡十四等。昭仪位同丞相，爵比诸侯王。倢伃同上卿，比列侯。娙娥视中二千石，比关内侯。（《西汉会要·卷六》）唐时皇后以下设四夫人：贵妃、淑妃、德妃、贤妃，九嫔名为昭仪、昭容、昭媛、修仪、充容、充媛等，二十七世妇为婕妤、美人、才人各九人（武则天在唐太宗朝只是个才人，显然地位是比较低的），八十一御妻为宝林、御女、采女各二十七人。真是名目繁多。后世后妃制度虽有一些变化，但大同小异，等级越来越森严。

因其身份地位的差异，后妃们在冠服、居处、仪驾、饮膳、侍女数目，以至死后丧葬、子女亲朋的待遇、地位等方面，均有严格细致的规定。一顶小小的朝冠就足以看出其主人的身份地位，细微处见等级。以清代为例，《国朝宫史》卷十就有记载有后妃薰貂朝冠、青绒朝冠的制式。皇太后、皇后朝冠大体相同，正中顶一座，三层，红缨上周缀金凤七，翟尾垂珠，共四等珍珠三百有二。皇贵妃与贵妃的朝冠大体相同，正中顶一座，三层，红缨上周缀金凤七，翟尾垂珠，共四等珍珠二百五十五。妃冠正中顶一座，两层，红缨上周缀金凤五，翟尾垂珠共四等珍珠一百八十八。嫔正中顶一座，两层，贯无光东珠各一，红缨上缀金翟五，翟尾垂珠，共四等珍珠一百七十二。只要看一看朝冠的式样、珍珠的等级与数目，其主人的等级尊卑一目了然。皇权后妃等级制度由此可见一斑。

皇权专制社会等级森严的后妃制度带来的是后宫佳丽们无尽无止的争斗。西汉时的文学家邹阳说:"女无美恶,入宫见妒。"宫妒是后宫女子为了自身及其家庭的荣辱沉浮而进行的生死攸关的较量,是一种染上了浓重的政治色彩的心理行为。皇后在后宫的地位相当于皇帝,为了皇后的宝座,后宫红颜们也是头破血流,鬼哭狼嚎。在专制统治下,这种竞争只能是不公平的、充满阴谋和罪恶的竞争,往往达到了你死我活的程度,其悲惨与酷烈,其"别出心裁"与花样翻新,与男人们的争斗相比,有过之而无不及。如吕后整戚夫人为"人彘",武则天残害既是情敌也是政敌的王皇后、萧淑妃,"醉其骨",手段到了让人毛骨悚然的地步。武则天为了达到打倒她的劲敌的目的,亲手掐死了尚在襁褓中的亲生女儿,其行为称得上"壮烈"。

皇帝不只是前殿而且也是后宫的主宰,体现着君权与皇权的统一。皇帝掌握着后妃们的生死荣辱，因此也就成了千万宫人争媚邀宠的目标，成为她们一切思想和行为的出发点。无数妃嫔几乎没有一个不想压倒群芳，独为花魁。于是，后宫成了一个大醋缸，嫉妒像瘟疫一样在后宫蔓延，伴随着罪恶的阴谋与杀戮。南宋光宗皇后李凤娘性情嫉妒且凶恶。一次，宫女端水请光宗洗手。光宗见宫女的手嫩白异常，情不自禁地赞美了几句，李凤娘因此醋性大发。几天后，李凤娘派人送给光宗一只食盒。光宗打开一看，竟是宫女的一双素手！明世宗朱厚熜，其后为陈氏。据《明史·卷二十六》记载："帝性严厉。一日，与后同坐，张、方二妃进茗，帝循视其手。后恚，投杯起。帝大怒。后惊悸，堕娠崩。"堂堂皇后竟因妒意受惊堕胎而亡。在历代后宫，姐妹同事一主的并不少见，汉成帝的赵飞燕姐妹是较著名的。《赵飞燕传》记载，成帝有一次对飞燕的妹妹合德说："我白天看皇后（指赵飞燕），觉得不如夜里看她美丽。"合德暗暗记在心里。等到飞燕过生日，合德献出枕前不夜珠为飞燕祝寿，其目的是让她的姐姐在不夜珠的照耀下失却美丽，用心可谓"良苦"。姐妹相妒如此，何况其他？

性爱利益是后宫女人们争夺的基本内容，也是产生宫妒的基本原因之一。后宫佳丽众多，但算得上男性的只皇帝一人。为独自享用这些后宫美人，避免他人染指，皇帝将后宫的其他男性全变成了太监。这一招真够缺德的，真正的断子绝孙。为了得到性爱利益，后宫众多女性只能围着皇帝一人转，"一肌一容，尽态极妍，缦立远视，而望幸焉"（杜牧《阿房宫赋》）。万花丛中，究竟宿于何处，皇帝也常常感到无从选择。一些皇帝发明了羊车临幸法：乘羊车游荡于宫中，任其所至，宿于所停之处。因此宫人就以竹叶插户，盐汁洒地来吸引皇帝的羊车，因为羊不但喜食竹叶，且喜舔盐汁。南朝宋文帝潘淑妃就曾成功地运用过此法。初进宫时，潘淑妃一直未被皇帝临幸；后见皇帝喜乘羊车漫游宫中，于是就一边千方百计地打扮自己，一边偷偷让左右用盐水洒地。宋文帝的羊车每行至潘淑妃门前，羊就舔地不前。这位宋文帝真的是感动了，对潘淑妃说："羊乃为汝徘徊，况于人乎。"从此，潘淑妃深得宠幸。(《南史·后妃列传》)"楚王好细腰，宫中多饿死"，为了赢得皇帝的青睐，宫人们是不惜一切代价的。但不管用何种方法，被宠幸的后宫女人只是少数，更多的人只能隐忍着性的饥渴，苦熬着漫漫长夜。

皇位世袭制必然衍生出"母以子贵，子以母贵"这条后妃争宠、邀宠的重要法则。《春秋公羊传》说："桓幼而贵，隐长而卑……桓何以贵？母贵也。母贵则子何以贵？子以母贵，母以子贵。"皇帝虽然只有一个，但后妃们谁能生出龙种，就看各人"能耐"了。能为皇帝生出龙种，那就是最大的"贡献"、最大的"能耐"。若儿子被立为太子，生母就有可能被立为皇后；反之，如果皇后无子，便会有被废的可能。但偏偏生儿子这档子事并不是靠"后天努力"所能奏效的。于是便有了种种不正当的"后天努力",只是方式略有不同。吕后采取的是杀母夺子的方式。《史记·吕太后本纪》载:其子孝惠帝的皇后(吕后的外孙女)无子,太后让其"佯为有身,取美人子名之,杀其母,立所名子为太子"。但这种情况并不多见,因为既非亲生,怎么肯把别人的儿子收为自己的儿子,还让他做太子、当皇帝呢?自己无子,也不能让别人有子,这是相当一部分后妃采取的方式。赵飞燕姐妹貌美如花,深得汉成帝宠幸,但就是生不出儿子。为防止有子的妃嫔"母以子贵",夺去她们的皇后和昭仪的位子,飞燕姐妹就联合起来杀害皇子。《汉书·外戚传》称:"掖庭中御幸生子者,辄死。"后宫的这种恐怖气氛达到了令人发指的地步。西晋惠帝皇后贾南风是历史上有名的妒忌好杀的主儿。她还是太子妃时,见到太子司马忠的妃子有怀孕的,必定千方百计杀之而后快。一次,她"情不自禁",竟亲自操戟,将怀孕的妾刺死。红颜狰狞,一个女人持戟刺向怀孕的妇女,这情景真是让人不寒而栗,宫妒所产生的罪恶到了登峰造极的地步。

后宫恶劣的竞争环境,迫使宫人们竭尽心计和手段,以博取皇帝这个后宫唯一男性的欢心。这种床笫的政治斗争和家国的政治,那是一门大"学问"。有些发展成了媚邪之道。东汉桓谭对傅皇后父孔乡侯宴说:"夫士以才智要君,女以媚道求主。皇后年少,希更艰难,或驱使医巫,外求方技,此不可不备。"(《后汉书·桓谭冯衍列传》)"媚道"充满迷信色彩,不管是"医巫"还是"方技",都与爱情无关——在人格不平等的情况下,是根本谈不上爱情的。后宫里不可能有爱情的竞争。汉代宫中,巫气弥漫,媚邪之术尤盛。汉武帝陈皇后失宠后,闻卫子夫大幸,心中妒恨不已。为了从卫子夫怀里夺回皇帝,她除了花千金请司马相如作《长门赋》外,还挟"妇人媚道"。事发后,陈被废去皇后之位,连诛者达三百人。汉时,挟媚邪之道是死罪,因此后妃之间往往以告发、诬陷对手挟媚邪之道来达到打倒对方的目的。东汉章帝窦皇后无子,深妒生下皇子的宋贵人,就诬陷她"挟邪媚道",宋贵人有口难辩,被迫自杀,所生太子亦受牵连被废。(《后汉书·皇后纪》)

宫妒及因其产生的种种罪恶,是专制制度和后妃制度的必然产物。为了自己的性爱利益,为了争夺皇后的桂冠,为了让自己的儿子封为太子,保住皇后之位,将来再当皇太后,后妃们必然会身不由己地卷入种种争斗中去,美,必然变成丑,变成恶。

醋海风波必然危及男主人的安宁。作为男主人,谁也不愿意自己的后院起火。"妒,为其乱家也。"(《大戴礼记·本命》)大致从汉代起,男性统治者一面进行所谓的"不妒"教育,一面也严惩妒妇,妒成了"七出"之一条。汉儒为儒家经典作注,也尽可能"春秋笔法",宣扬女子不妒的美德。如给《诗经》作传注的,说《关雎》是"美后妃之德",《樛木》美后妃"能逮下而无嫉妒之心",《螽斯》美后妃"不嫉妒,则子孙众多"。《小星》是美"夫人无妒忌之行,惠及贱妾",使"进御于君",而众妾"知其命有贵贱,能尽其心"。这些反映了秦汉儒者关于妻妾相处的基本观点。正妻要不妒、不专宠,使众妾都有被御幸的机会;众妾也要知"命"守"分",不越本分。对于男人来讲,这确是一种"理想"的家庭模式。为了这样的"理想",男人们也确是用心良苦。

但男人们真是"想得美",因为那种理想的家庭模式实践起来似乎并不那么容易。只要封建后妃制度和一夫多妻制的存在,"妒"就将永存不朽。史书上关于嫉妒的最早记载恰恰是从儒家所推崇的妇女羊叔姬嫉妒丈夫的美妾开始的。《左传》记载,羊叔姬不许丈夫接近他的美妾,叔向就劝说母亲羊叔姬;羊叔姬说:"深山大泽,实生龙蛇",实际上是怕美妾生下勇猛的儿子伤害自己的亲生儿子。"夫妇祷布"的故事见于《韩非子》:卫国有一对夫妇一起祈祷,妻子祝祷有一百束布;丈夫问她为什么只要这么一点,妻子说:"益是,子将以买妾。"妻子是怕丈夫有了多余的布,温饱思淫欲,欲再纳小妾。可见,一夫多妻制是产生"妇妒"的根本原因。

后妃制度是一夫多妻制的极端例子。宫妒危及皇帝"家"的安宁,也就危及了"国"的安宁,因而必然要受到皇帝们的严重关注。宋明帝为了整治嫉妒成性的妇女,曾令大臣虞通之搜集古今嫉妒妇女的典型,撰写了《妒妇记》,作为敲打妒妇的反面教材。据史记载,宋明帝还曾亲自下令赐死袁韬好妒的妻子,药杀荣彦远的妻子,并赐给刘休责打妻子王氏二十大板的权利,然后让王氏卖扫帚羞辱她。宋明帝发起了一场讨伐嫉妒女性的政治和群众运动。由皇帝牵头讨伐妒妇,肯定大有可观。为了丑化妒妇,有人还编造了"妒妇津"的故事。晋代刘伯玉读《洛神赋》,对妻子说:娶妇得如此而无憾。妻子因嫉妒洛神之美溺水而死,溺水之处称为"妒妇津"。凡美妇渡津,则风波暴起;丑妇盛妆，则风止浪静。这则故事的编者，肯定是某男士无疑。按照男人的观点，妇妒必然悍，男人们肯定不爱。据洪迈《容斋随笔》，宋代陈季常喜蓄声妓，妻子柳氏十分妒悍。苏东坡作诗开老陈的玩笑："龙丘居士亦可怜，谈空说有夜不眠。忽闻河东狮子吼，拄杖落手心茫然。"陈季常笃信佛教，清谈佛理时，听到妻子一声吼吓得杖落心跳。因陈妻姓柳，河东是柳姓的郡望；佛家以狮子喻威严，所以苏东坡戏称陈妻厉声责夫为"河东狮吼"。体会苏东坡诗中的意思，苏东坡也不喜欢"河东狮子"。我想，如果苏妻"河东狮吼"，苏东坡的诗恐怕没有这么潇洒。

关于妒妇观念的实质，魏晋时谢安之妻刘夫人的话可谓一语中的。据《艺文类聚·卷三十五·妒记》记载：刘夫人坚决反对丈夫纳妾，谢安的甥侄辈都来做刘夫人的工作，用《关雎》《螽斯》中的"不妒之德"相劝。刘夫人反问他们；谁作的这种诗？回答：周公。刘夫人说：周公是男子，所以这样写；若是周姥作诗，一定不这么写了。我想，如果哪位先生还想争辩，就请他与周姥谈。

女人善妒，"妒"似乎成了女性的"专利"，是女人的恶名之一。其实，妒作为一种心理现象，不光女人有之，男同胞们也不能幸免。据说，男性的妒比女性更具有破坏力，只不过爆发的机会可能比女性较少罢了。为了争夺美女海伦，希腊和特洛伊的男人们打了十年的战争，杀得尸山血海；庞涓不是挖掉了孙膑的膝盖骨，靳尚不是屡进屈原的谗言吗？连高高在上的皇帝也不能免"妒"。隋炀帝自负文才为天下第一，看到薛道衡"空梁落燕泥"的妙句，妒火与怒火不由得烧到了一块儿，后来终于找茬儿把薛道衡杀了。

说到女人"嫉妒"的恶名，我不由得想起我们一位同学的夫人的"精辟论述"。一次，我和这位同学及他夫人一起去参加一个舞会。由于舞会上女性较少，我们这位同学的夫人又长得比较漂亮，因此频频被男士们邀入舞池。我的这位同学老兄脸色因此就不大好看，估计是醋瓶子翻了。因为写"宫妒"这个题目，舞间休息时，我就和这位同学的夫人探讨女性的嫉妒问题。她心直口快，对我说："宫妒更主要的是一种文化现象，一夫多妻几千年，那么多女人围着一个男人转了几千年，能不'妒'吗？这里有一个文化心理积淀问题。假如一直是'一妻多夫'制，让你们男人围着一个女人转那么几千年，男人们还不知道是个什么样子呢。"她又指指她那低头闷闷不乐的老公，嗔怪地说："你看看他那德性！"我不禁莞尔。

江山美人

1936年12月10日,英国国王爱德华八世通过英国BBC电台向全世界宣布了他"宁要爱人不要王国"的逊位声明:"没有我所钟爱的那个女人的帮助和支持,我无论如何挑不起国王的重任,也不可能履行国王的职责。"这个"爱人"指的是美国的有夫之妇沃莉丝,由于英国王室禁止国王与离过婚的女人结婚，爱德华八世"不爱江山爱美人"，只得宣布逊位，成就了"二十世纪最伟大的爱情"。一时，沃莉丝成了最令人羡慕的女人，因为，在国王或皇帝的心目中，她作为"美人"的分量第一次超过了"江山"。

"江山"和"美人"称得上是国王或皇帝人生的两大轴心，它们都是由专制权力带来的。对于封建君主来说，江山为他个人所有，美人当然有的是，没有哪个皇帝或国王缺女人的。皇帝贵为人主，富有四海，天下女人自然为他所有。因此，"江山"与"美人"之间具有某种因果关系，或者说"美人"就是"江山"的一部分。有了"江山"，也就有了"美人"；反之，丢了"江山"，"美人"也就保不住了。秦始皇灭六国，六国妃嫔都为他所有，而六国的君主就"江山""美人"两空空了。陈后主的"江山"坠入了胭脂井，他连只保他的美人张丽华都办不到，因为"美人"被看作了使国君丢失江山的"祸水"。明朝崇祯皇帝眼见得自己的"江山"即将为他人所有,他干脆把他的"美人"杀了,尽量不给敌人留"战利品"。

但如果"美人"指代爱情,那么,"江山"与"美人"就常常不能兼得。爱德华八世作为国王实际上只是权力的象征,他是没有多少"江山"可言的,否则,他心中的天平还不知道倾斜向哪一方呢。历史上,皇帝手中的"江山"逐步减少好像并非"得力"于"美人"。爱情的首要前提是双方人格平等,但在专制之下,皇帝与后妃是很难求得人格平等的。皇帝不但是一国之主,也是一家之主,他对后妃实施的是君权与夫权的双重统治。所以,后妃在皇帝面前自称"臣妾",不敢与也是自己丈夫的皇帝进行平等的交流,皇帝也就成了孤家寡人;皇帝高高在上,也就常常不能忘掉自己的"天子"身份。杨玉环两次被李隆基遣送回娘家,都是因为"忤上旨",都是李隆基不自觉地流露皇帝脾性的结果。因此,虽然皇帝富有四海,美女如云,但在爱情这一项上却是赤贫。

在中国几千年的封建史上，帝妃之间只有不多的几次爱情火花的闪现。除了李隆基与杨玉环外，明万历帝与郑淑嫔应该是有爱情的一对。黄仁宇的《万历十五年》对二人的情感关系作了如下描述：

> 据说，淑嫔郑氏和万历具有共同的读书兴趣，同时又能给万历以无微不至的照顾。这种精神上的一致，使这个年轻女人成了皇帝身边一个不可缺少的人物。可以说，她是在最适当的时机来到了他的生活里，填补了他精神上的缺陷。凭着机智和聪明，她很快就理解了命运为她所作的安排，因而抓住现实，发挥了最大的能动性，从而达到自己预期的目的。她看透了他虽然贵为天子，富有四海，但在实质上却既柔且弱，也没有人给他同情和保障。即使是他的母亲，也常常有意无意地把他看成一具执行任务的机械，而忽视了他毕竟是一个有血有肉、既会冲动又会感伤的"人"。基于这种了

解，她就能透彻地认清了作为一个妻子所能够起到的作用。别的妃嫔对皇帝百依百顺，但是心灵深处却保持着距离和警惕，惟独她毫无顾忌，敢于挑逗和嘲笑皇帝，同时又倾听皇帝的诉苦，鼓励皇帝增加信心。在名分上，她属于姬妾，但是在精神上，她已经常常不把自己当作姬妾看待，而万历也真正感到了这种精神交流的力量。据宦官们私下谈论，皇上和娘娘曾经俪影双双，在西内的寺院拜谒神佛，有时还一起作佛前的祈祷。她对万历优柔寡断的性格感到不快，并且敢于用一种撒娇讥讽的态度对他说："陛下，您真是一位老太太！"

夫妻之间的感情融洽，得力于诸多因素，其中最重要的是相互了解、心灵相通、情趣契合。能与皇帝神交的妃嫔都不是庸常角色，往往通过一些细小的方面，如一个眼神、一句普通的话，就能知道对方想什么，使皇帝愿意显露自己真实的情感，做心与心的交流，并分其心中之忧、排其心中之难。郑淑嫔的过人之处，在于她敢于并善于和万历平等相待。她虽然无力在政治地位上改变自己，但在人格上却超越了附庸的地位。她对他相当尊重，但始终把他当人而不是神。她对万历体贴多于敬重，合作多于服从，交流多于回避，改变了万历因孤家寡人带来的苦闷，使他在道貌岸然下禁锢的心灵得到了放松。她还对他的性格弱点做了匡正补救，从而达到了性格互补的和谐之美。正因为如此，万历也将她视为"人"，视为平等的伴侣，而非玩偶和奴隶，他们的关系也就不再是简单的夫妻关系和君臣关系，而是灵肉一致的情人关系。

但封建体制不容许这种情感关系的存在，无论是万历的母亲还是朝廷大臣，都怕万历因"情"（美人）误"国"（江山）。在"江山"面前，无论万历的"爱"有多深、"情"多么浓，那都是"私情"，无足轻重。这样一来，好像真正的"江山"之主都应该是无"情"的，多情之人自然也就坐不了江山,万历母亲和大臣的担心客观上倒是说明了封建制度的反"情"本质。万历与郑淑嫔的"情"后来竟差一点真的使"江山"毁于一旦。万历因专宠郑淑嫔,并爱母及子,一心要立郑淑嫔所生的第三子常洵为太子,使臣民们大惊失色,因为这势将破坏封建皇室选择皇位继承人立长不立幼的规矩。给事中姜应麟上书直谏:"礼贵别嫌,事当慎始。贵妃(指郑淑嫔,她此时已被万历册封为'皇贵妃'——引者注)所生第三子犹亚位中宫,恭妃(指生皇长子的王恭妃——引者注)诞育元嗣翻令居下,揆之伦理则不顺,质之人心则不安,传之天下万世则不正,非所以重储贰、定众志也。伏请俯察舆情,收还成命。其或情不容已,请先封恭妃为皇贵妃,而后及于郑妃,则礼既不违,情亦不废。然臣所议者末,未及其本也。陛下诚欲正名定分,别嫌明微,莫若俯从阁臣之请,册立元嗣为东宫,以定天下之本,则臣民之望慰,宗社之庆长矣。"这位姜先生是一位皇权制度的坚决维护者,他虽然也知道情之不可废,但与"礼"相比、与"宗社之庆"、与"江山"相比,就是等而下之的事了。分析他话中的意思,如果万历以"情"为重,那么,"天下之本"也就乱矣,"宗社之庆"不长矣,"江山"也就不保矣。从万历十四年(1586年)万历封郑淑嫔为皇贵妃开始,廷臣围绕立储与万历皇帝争论了十五年,所上章疏累数千计,历史上把这一事件称为"争国本"。后来,万历迫于种种压力,最终没能立常洵为太子。看来,皇帝不是想爱什么人就爱什么人,想被什么人爱就被什么人爱的;后妃们有以色事君、为皇帝繁衍龙种的权利义务,但就是没有爱和被爱的权利。皇帝的臣民们总是说:皇上应以江山社稷为重,言下之意是,"美人"非但无足轻重,而且常常是克"江山"的。这某种程度上反映了臣民们与后妃的争宠心理:皇帝受命于天,是天下的主人,理应爱天下人并为天下人所爱,怎么能让他只爱一个女人并为一个女人所爱呢?皇帝只爱他的"美人",为他守护"江山"

的臣民自然怨恨，野心家也有了皇帝因情误国的口实，"美人"和爱情危矣，"江山"甚至都难保了。

看来，"江山"是容不得皇帝自由地爱他的"美人"的。唐武宗和他的王贤妃情投意合，长得很是相像，都喜好打猎，一身戎装时，旁人竟难辨别谁是武宗。武宗有意要立她为皇后，但宰相李德裕以她无子，出身比较低贱为由加以劝阻。武宗病重，自知不起，对王贤妃放心不下，伤感地对她说："我气息奄奄，情虑耗尽，只怕要与你诀别！"王氏回答说："陛下万岁后，妾以身相殉！"她将财物分给宫人，待武宗崩后，遵守生死之诺，自缢相随夫君于地下。可见帝王的爱情是多么艰难。宋仁宗的嫡配郭皇后，因争宠被废（其实也是前殿政治斗争的延续）。后来仁宗与郭氏诗词唱和，情真意切，仁宗皇帝有意让其复位，但郭氏却被大臣们用计毒死，因为她早已被打入了另一个政治派别，如果让她回来，那就是你活我死。

专制制度不仅断送了帝王的爱情,而且破坏了天下千千万万人的爱情。且不说,封建后宫制度使宫人们丧失了追求爱情的机会,一些帝王为了满足一己私欲,不知道拆散了多少人的家庭。相传春秋年间,以昏暴著称的宋国康王看中了臣僚韩凭的妻子何氏,并将其掳进宫中。韩凭口出怨言,被罚为城旦(筑城的役夫)。宋康王虽然拥有"江山",但这并不意味着天下所有的"美人"都爱他,用非爱情的手段得到的根本不可能是真正的爱情,他无法得到何氏的爱。韩凭寻短见死后,何氏表面上比较镇静,暗地里把随身的衣服弄得质地疏松。与康王同游高台时,何氏突然急速冲向台外,随从伸手去拉,但只抓住了几块破布。后来检查何氏的尸体,发现了何氏的一封遗书:"王利其生,妾利其死。愿以尸骨,赐凭合葬。"康王怒不可遏,反其愿而行之,令人将二人之坟造得可望而不可及,并说:"尔夫妇相爱不已,若能使冢合,则吾弗阻也。"过了不久,二坟之上各长出一棵樟树,并且树身逐渐弯曲、靠拢、合抱，根须相交，枝叶相错，有一对鸳鸯飞栖树上，交颈悲鸣，令人十分感伤。时人称奇，将树命名为"相思树"。专制制度对爱情的戕害，由此可见一斑。

专制制度本质上是反人性、人情的。因此，后宫之中难有纯粹的爱情；即使有，也注定了长久不了。

李隆基与杨玉环没能长久，顺治与董鄂也没能长久。顺治是中国历史上少数几个率性痴情的皇帝之一。他的第一次婚姻是政治联姻，自然是为了"江山"稳固。皇后是蒙古科尔沁卓礼克图亲王、国舅吴克善之女博尔济吉特氏，顺治母亲孝庄皇太后的侄女，顺治的表妹。此女不但出身高贵，容止足称佳丽，而且极为聪颖巧慧。但这些似乎均与爱情没有绝对的关联，他们的联姻是考虑到清朝初定中原，统治未稳，娶蒙古上层女性为后，可以争取蒙古的支持，为大清王朝效力。由于二人之间没有爱情基础，婚后不久就意气不孚，顺治遂有废后之意。但满朝文武大臣坚决反对，多人上书请求，礼部员外郎孔允樾言词殷殷："皇后正位三年，未闻失德，特以'无能'二字，定废嫡之案，何以服皇后之心？何以服天下后世之心？君后犹父母，父欲出母，即心知母过，犹涕泣以谏；况不知母过何事，安忍缄口而不为母请命？"大臣显然是不管你爱情不爱情的，因为皇帝乃天下父、皇后乃天下母，儿女们只要父母相安无事，家庭安定就行了。顺治任性，但又不便强行，一度郁郁寡欢，愤懑成疾。孝庄见儿子面容憔悴，自然痛心，只好同意了他的废后请求。顺治后来在废后诏书中说："自古立后皆慎重遴选，使可母仪天下。今后，乃睿王于朕幼时，因亲定婚，未经选择，宫闱参商，已历三载，淑善难期，不足仰承宗庙之重。谨于八月二十五日奏闻皇太后，降为静妃，改居侧宫。"（《世祖章皇帝实录》）顺治将废后的原因归结为睿亲王多尔衮的婚姻包办。他也不能谈感情问题，因为爱情只是他的个人私情，他不能因个人私情误天下，所以也只能以皇后不足以"母仪天下"的冠冕堂皇的话打发。人们为顺治的爱情悲剧感到惋惜，可是被他废的皇后呢？顺治还可以继续选择，被废的皇后只能在"侧宫"中孤寂地度过一辈子了。

顺治的第二位皇后亦来自博尔济吉特氏家族，是孝庄的侄孙女。顺治觉得她虽然"秉心淳朴"，但缺乏机敏聪慧。这时，董鄂在他的生活中出现了。德国传教士在他的回忆录中说："顺治皇帝对于一位满籍军人之夫人，起了一种火热的爱恋。当这位军人因此申斥他的夫人时，他竟被对此有所闻知的天子，打了一个极怪异的耳掴。这位军人于是乃因愤致死，或许竟是自杀而死。皇帝遂即将这位军人的未亡人收入宫中，封为贵妃。"（杨丙辰译《汤若望传》）自从董鄂进宫，顺治对皇后更加疏远，并欲废之。孝庄出于政治考虑，坚决制止，董鄂本人也以死相谏，顺治的第二次废后才不了了之。皇后虽然没有被废去，但也仅存名分而已。

董鄂美艳、聪颖、温柔、贤淑，深得顺治之

心,顺治对她的爱恋达到了痴狂的地步。孝庄为防止儿子陷入过深,太过冷落了皇后,引起政治风波,因此对顺治与董鄂的关系采取了限制、阻挠的办法。但这种限制与阻挠反而更激起了顺治对董鄂的爱恋,大有"愿作鸳鸯不羡仙""不爱江山爱美人"的意态。不久,董鄂生子,排第四皇子;顺治大喜,称其为"皇第一子"(《世祖章皇帝实录》),实则视为皇太子。但这位小皇子刚来到世上四个月便夭折了,顺治与董鄂的丧子之痛是可以想象的。大约是爱子之丧,使董鄂忧郁成疾,后竟也撒手而去。顺治先失爱子,再失爱妃,痛不欲生。历史上,顺治不仅是少数几个痴情皇帝之一,而且也是极少数感情专一的帝王之一,他可以为心爱的女人抛弃一切,甚至为她去死,在他的心目中,江山已退居次要的位置。如果让他在江山与董鄂之间做一选择的话,我想他会选择董鄂的。但现在他已无可选择,董鄂之死,使他看破红尘,万念俱灰。在他看来,"财宝妻孥,人生最贪恋摆拨不下底。朕于财宝固然不在意中，即妻孥觉亦风云聚散，没甚关情"（《北游集》）。他想为爱妃而死，但上有高堂，特别是有"江山"的重任在肩，死的权利也被剥夺了。《汤若望回忆录》记载："贵妃薨逝，皇帝陛为哀痛所攻，竟至寻死觅活，一切不顾，人们不得不昼夜守着他，使他不得施行自杀。"

顺治曾沉迷于佛事，遭最心爱的女人病逝这一无情的打击，产生了悲观厌世的情绪，企望遁入空门，以求精神情感上的解脱。他曾命茚溪森为其削发剃度，决心出家。孝庄一边百般劝解，一边命人急召茚溪森的师傅玉林琇来京。玉林琇抵京后，痛斥弟子茚溪森，并命人取来柴薪，声称茚溪森敢引顺治为僧，他就将其烧死。顺治无奈之下，只得勉强答应蓄发留俗。顺治身体素来羸弱，又多情善感，董鄂的早逝对他造成了极大伤害，于董鄂去世半年后染上了当时的不治之症——天花，不久就追随他心爱的女人去了，年仅二十四岁。

对顺治的所谓"江山"及政治业绩，后人几乎没什么评论，但他的"美人"却给人留下了万千话题。一来真正的爱情太美好，几乎是人人所向往的；二来天子皇帝享"九五之尊"，富有四海，其"江山"当然了得，顺治"不爱江山爱美人"，着实是让人惊心动魄的。后来"美人"董鄂竟被人附会成了当时名噪一时的江南名妓董小宛，自然是为了再增加"江山美人"故事的浪漫色彩。董小宛，名白，字青莲，出生于明天启四年（1624年），十五岁就已成为江南名妓，琴棋书画，无所不精。传说顺治二年董小宛被掳进宫，并与顺治合演了一出感天地泣鬼神的爱情故事。但顺治此时尚是一七八岁的孩童，比董小宛小了十五岁，虽然江山为他所有，但对于爱情应该是不甚了了。为了揭示董妃的本来面目，几代历史学家已经费了无数的精力，无数的人更是加入了议论此事的行列。爱情一方面为"江山"等世俗的利益所役，另一方面又是人类长盛不衰的话题。人们向往着纯洁美好的爱情，但是在爱情面前又每每放不下"江山",放不下世俗利益的考虑,爱情因此常常成了世俗祭坛上的牺牲。在爱情面前,人们往往表里不一,说一套做一套,委琐得很。

皇帝拥有"江山",后宫美女如云,可爱情却依然是凤毛麟角,"江山"换不来爱情。爱情不但与所有的世俗利益无关,而且,世俗利益常常糟蹋了爱情。如今,真正拥有"江山"的人已经没有了,但为了一点点利益,不少人还是一边在心里算着自己的小九九,一边在骂着爱情的稀少。不但"江山""美人"不能兼得,"江山""美男"也经常冲突,在此问题上,女人们的小九九水平恐怕不比男人们差。

"祸水"之"水"

说"女人是祸水",是基于这样的语境:男人主宰的国家和社会本是健康的、安定的,只因为女人的介入,才变得一塌糊涂,甚至于国将不国。"女祸"有广义和狭义之分:广义的涵盖整个社会,狭义的专指宫廷女性。狭义的"祸水"之"祸"主要是指女人发挥其特点和优势将一国之尊的皇帝媚倒，媚主为虐，使国生祸。当一个具有"祸水"性质的女人进入宫廷，她的危害会通过君主危及宫廷的前殿、国家的政权，甚至亡国。夏、商、周亡于其手，两汉屡受其害，两晋引起了"八王之乱"，唐时"女祸"与"宦官之祸""藩镇之祸"并列为三大祸，清朝后期因此蒙受了四十年的黑暗，甚至导致了两千多年皇权专制政体的最后灭亡。

"女人是祸水"的观念，至少在夏、商、周三代就已经有了。而且，在这三个朝代，"女祸论"的论调无疑是进入了高音区的。因为，夏、商、周三朝分别出了妹喜、妲己、褒姒三个"狐媚子"，她们以其独特的"祸水"功能似乎直接导致了夏、商、周的灭亡。妹喜、妲己、褒姒遂成了祸水的代名词，"女人是祸水"从此成为一种论调，亘古不衰。《封神演义》说妲己乃狐狸精转世，前世就不是个好东西，女人从此就翻不了身，"女人是祸水"更深入人心。

关于女人的职能分工,《周易》中有规定,《诗经》中有记述和描写。男人们从来就不敢忽视女人的存在,至于如何"重视"就另当别论了。《周易》中有许多卦是专述女性的,如《归妹》《屯》《家人》等。《家人》这样规定女性的分工:"无攸遂,在中馈","贞吉",意思是说,女人应在家中备酒食,只有竭尽此妇职,不随心所欲,才能使家庭平安和谐。但是,妺喜、妲己、褒姒三个女人各自"祖国"的统治者,却没有让她们行使这样的职能,没给她们尽妇道的机会,而将她们派上了更大的用场,这就是"祸国"。统治者说一套做一套古已有之。当然,这"国"肯定是敌国。

即使要说这三个女人"祸国",那也要看你站在什么角度。对于她们的祖国来说,她们恰恰是救国的。为了她们的"祖国",三个女人都做了"美人计"的工具。妺喜生于有施国一个奴隶主家庭,据说她父亲一度曾是个养蚕大户,后来办起了一个小型的酒坊。妺喜天生丽质,又生在比较殷实的家庭，因此生活幸福，长成了一个活泼可爱的女孩子。可惜她的祖国是个贫弱的小国。有施国在强大的夏国侵略下，不得不献出了国库中的金银财宝以及大量的布帛、秫酒（其中有部分想必是妹喜家酿造的），才勉强退了夏兵。夏国国君桀贪恋女色，有施国君决定搜罗国中美女，待夏国再发动侵略战争时献上，因为也没有其他东西可以进贡了。一个国家再穷再弱，女人总是有的。于是，有施国派出的选美大臣因在妹喜家的酒坊前发现了绝色的妹喜而大喜过望：有施国有救了。夏桀即位的第三十三年，又一次发兵讨伐有施，妹喜被作为"贡品"献给了夏桀；夏桀惊见妹喜美色，立即退兵。妹喜救国，避免了一次生灵涂炭。对于此事，《国语·晋语》有记载："昔夏桀伐有施，有施人以妹喜女焉，妹喜有宠，于是乎与伊尹比而亡夏。"妹喜实际上是作为"地下党"打入敌国心脏的，使夏桀腐化堕落、促夏灭亡是她的任务，她的"祸国"是为了救国。但当她使夏桀荒于酒色亡国身死后，她不仅没能成为功臣，反而被商汤放逐到了南巢，凄惨死于蛮荒之地。这实在是不公平的，屈原就曾为妺喜鸣不平说："妺喜何肆？汤何殛焉？"大概是统治者以为她不祥吧，即使亡的是敌国，也会在统治者心理上留下阴影。

妲己的命运与妺喜有相似之处。她是商朝的一个属国有苏氏（今河南武陟东）统领苏侯的掌上明珠，称得上是国色天香的大家闺秀。商纣听说苏妲己长得奇美，欲将她纳入后宫，苏侯不从，于是纣发兵讨伐。有苏氏战败，只得将妲己献上，女人又一次成了工具。与妺喜、妲己相比，褒姒更是命运乖蹇。她一生下来即被抛弃，幸被人救起，带到褒国，被褒国的姒大领养，称为褒姒。乖命逢乱世，小褒姒颠沛流离，度过了凄苦的童年。如果她长得差一点，也许她成年以后的命运会好一些，偏偏她又逐渐长成了美丽的大姑娘，为她自己以后成为工具、成为"祸水"不自觉地打下了基础。不过，这也是没办法的事，人不是想长成什么样就长什么样的。褒国国君因苦谏周幽王，被幽王以"犯上"之罪打入大牢。其子为了营救父亲，想尽了办法；最后还是不得不借助于女人，寻访褒国美女，以便献给幽王，请幽王开恩。褒姒一下被选中。幽王见了褒姒，立即放人，女人也就又一次发挥了她的伟大作用。

很显然，就妹喜、妲己、褒姒来说，"工具论"比"祸水论"更确切。

历史上的各种书籍往往对"祸水"之"祸"大书特书，可即使"祸水"也还是"水"，即使是成了"祸水"的女人也还是人。但是，作为本体的人（"水"）历来是不被重视的，男人们似乎只对女人的"用途"感兴趣。

三个女人心中的酸甜苦辣，我们现在是很难体会了。对她们的各种"祸"我也不感兴趣，况且人们也已经说得够多的了。我倒是想："祸水"何以祸国，又如何祸国？

一个共同的特点是，历代所谓"祸国"的后

妃，除了晋惠帝的皇后贾南风等少数几个人外，均具美色。皇帝后宫佳丽无数，没有惊人的美丽和独到的"媚功"，要让专制的皇帝宠你、依你，肯定是办不到的。因此，无论是妹喜，还是妲己、褒姒，均是色冠天下的女人。按照通常的理解，皇帝正是"色"迷心窍，才误了政事，亡了国。《诗经·小雅》说："艳妻煽方处。"春秋时期晋国大夫羊舌职的妻子羊叔姬说："'甚美必有甚恶'……夫有尤物，足以移人。苟非德义，则必有祸。"这就给了人们这样的感觉：美乃是祸水的源头，是罪魁祸首，成了一种让人恐怖的罪恶的东西。

得出这样的结论，我心里实在不甘。美何罪之有？无论是心灵的美还是外表的美均不失之为美。这就涉及另一个问题："祸水"如何祸国，或者说，"美"怎样发生"祸国"的效应。

能"祸国"的女人无一例外都是后妃，是皇帝的老婆；普通的女人、平常人家的媳妇，你再美再漂亮，想"祸国"也是"祸"不了的。因为女人按规矩不能参政,后妃们"祸国",成为"祸水",是借助于她的老公皇帝来实现的。如果皇帝因为自己的老婆而不能较好地行使专制统治的职能,必然带来国家的混乱,导致亡国。但是如果皇帝能拒绝"祸水"的腐蚀,不也没多大的问题了吗?这样看来,问题主要还是出在皇帝身上。但只要再想一想,就会发现这仍然没有涉及问题的本质。如果不是专制制度,老婆通过自己的老公最多只能"祸家",怎么能"祸国"呢?只有在皇帝一人说了算的专制制度下,皇帝才能"祸国",后妃才能通过"祸"皇帝,产生"祸国"的结果。

在专制制度下,要说"祸水",男人照样可以成为"祸水"。试想,如果历代皇帝都是女性,让男人们围着女皇帝争风吃醋,情形会是怎样?男人的"媚功"也一定大有可看,照样可以让女性皇帝败身亡国。武则天是中国历史上唯一的女皇帝,她晚年信用男宠张昌宗、张易之兄弟,几乎乱了阵脚,足可以说明问题。到了一定的时候,众女人也一定会感叹：男人乃亡国之"祸水"也！

鲁迅说："我一向不相信昭君出塞会安汉，木兰从军就可以保隋；也不信妲己亡殷，西施沼吴，杨妃乱唐的那些古老话。我以为在男权社会里，女人是决不会有这种大力量的，兴亡的责任，都应该男的负。但向来的男性的作者，大抵将败亡的大罪，推在女性的身上，这真是一钱不值的没出息的男人。"在男权社会里，国家的兴亡，男性的责任固然要比女性大，但也不能将所有的责任都推到男人头上。"祸水"非男女，亦非皇帝与普通人，专制制度乃是"祸水"之源！在专制制度之下，"祸水"之"祸"，不光"祸"国，而且"祸"己，即所谓"红颜薄命"。不是因为长得美，哪能到得了皇帝跟前，又怎么能祸得了国。祸了国，自然不能善终，死后还要被人唾骂，可谓"薄命"。专制制度使"水"成了祸国的"祸水"，使"美"成了"祸"，可见专制制度祸"美"、祸"人"的本质。

如今，"祸水"再也产生不了"祸国"的功效，但"红颜薄命"却一直具有一定的规律性。美，何时才能"美"得其所?《红楼梦》里的贾宝玉也说过"水"的比喻，他说：女人是水做的，男人是泥做的。说这话时，他是没有封建卫道士们那种对待女人的阴暗心理的。在对待"水"的问题上，我们如今比贾宝玉有了哪些进步呢?

国王的绿帽

国王、皇帝所拥有的一切都不是其他人可比的,就是他们的"绿帽子"也是如此。专制统治者的权威,相当大一部分体现在对女人的绝对拥有上,如果有人敢睡他们的女人,或者他们的女人中竟有人敢偷汉子,那样造成的后果必然是无情的杀戮。给国王和皇帝戴绿帽,那可能是天下最犯忌的事情之一，那才是冒天下之大不韪。国王和皇帝的权力至高无上，他们拥有的财富和女人天下最多，他们的绿帽子当然也是盖世无双。

据我考证，第一个戴绿帽子的国王是周王朝的第十九任国王姬郑，这第一个给国王戴绿帽子的就是他的王后翟叔隗。我一开始简直怀疑她哪有那么大的胆，后来才发现她并非出生在中华文明发祥很早的中原大地，从小并未受过诸如"夫为妻纲"等伦理的教育和熏陶。她本是周王朝属国之一的翟国国君的女儿。翟国位于山西省太原市南，是一个夷狄部落，虽然已有一定程度的教化，但仍保持着北方游牧民族的粗犷生活方式和尚武精神。在那样的环境中，翟叔隗很少受到男尊女卑观念的影响，因为她从小就像男孩一样骑马射箭，每每是沙场征战、山林狩猎队伍中的一员。环境决定人，她心目中向往的夫君必然是英姿勃发，出入于千军万马之中而能取上将首级，接受族人将士庆贺欢呼的武将王子。但这样的王子却一辈子也没有在她生活中出现，因为正当妙龄的她后来作为政治的工具嫁给了周王朝的老头国王姬郑，从此开始了她悲剧的一生。

当时的周王朝虽然已无力统领群雄，但姬郑仍然是堂而皇之的一国之君，能嫁他为后，对于一个女人来说，无疑是最荣耀的事，尽管此时的姬郑已是一垂垂老者。为了这荣耀，为了那些身外之物，自古以来不知多少人将青春和生命熬成了肉干。翟叔隗嫁给姬郑本非出于己愿，但当她那么隆重地嫁到周王宫时，女孩子的虚荣心想必是得到了极大的满足的。嫁为王后虽然足够光宗耀祖，但却无法满足爱情和生理的需要。深夜，周王朝王宫的大床上，老汉国王已沉沉睡去，留下无法入睡的年轻王后辗转反侧。王宫当然富丽堂皇，但却是一只金丝鸟笼。与清新的山林相比，此时的王宫给人的感觉无疑是郁闷和压抑的。

无奈的翟叔隗只好要求外出打猎，想以此暂时转移自己的注意。《东周列国志》对此次打猎有一段记载：

隗后解下绣袍，原来袍内，预穿就窄袖短衫，罩上异样黄金锁子轻细之甲，腰系五彩纯丝束带，用玄色轻绡，周围抹额，笼蔽凤笄，以防尘土。腰悬箭箙，手执朱弓，妆束得好不齐整……别是一般丰采。喜得襄王（姬郑）微微含笑……

如果只看描写，隐去翟叔隗的名字，很难让人想象这是"礼"天下的周王朝的王妃，因为传统道德伦理所培养出来的王妃绝对不应该是这副模样。这"别是一般丰采"的王妃与她所处的环境是极不谐调的。真让人难以将这样一位清新刚健、英姿飒爽的女性与"祸水"联系起来。如果说后来的翟叔隗成了所谓的"祸水"的话，那一定是王权制度"逼良为娼"的结果。

据《东周列国志》记载，因姬郑年老，虽然看着翟叔隗"喜得""微微含笑"，却再也无法纵马奔驰。那次打猎，他只好委托弟弟姬带做翟叔隗的"保镖"。纵马狂奔之中，翟叔隗仿佛又回到了过去，回到了自己的祖国。身边的王子姬带也年轻英俊，翟叔隗动了感情，反正她也已无法接触其他的男子。此次出猎，翟叔隗与姬带暗递秋波，不久便将绿帽子高高戴在国王姬郑的头上。翟叔隗似一匹黑马，将封建皇权政治和道德伦理秩序冲乱了。

国王的"绿帽子"事件处理起来当然也简单不了，因为对于国王或者皇帝来说，根本谈不上离婚。待姬郑发觉了翟叔隗与姬带给他戴上的绿帽子，他的情绪非"暴跳如雷"等词所能形容。试想，堂堂周王朝的国王戴着高高的绿帽，成何体统？于是，翟叔隗马上被囚禁起来，姬带幸亏溜得快，星夜奔逃出城，投奔翟国。后来，姬带鼓动三寸不烂之舌，搬来了翟国大军，攻打周的首都洛阳，姬郑逃往郑国，翟叔隗被救出。姬带继任周王朝国王，翟叔隗被封为王后，成为中国历史上第一个也是唯一的一生嫁两个国家元首为正妻的女性。

周王朝虽是个空架子，但仍保持着王朝正统的名义。一心想建立霸权的晋国国君重耳（姬带的连襟，翟叔隗的姐夫）以"绿帽子"事件为由头，打着"尊王攘夷"的口号，将连襟和小姨子定为篡国分子，于公元前635年攻入姬带新定的首都温城。国王的"绿帽子"引发了一系列的政治事件和军事事变，其威力自然非同小可。

结果是，姬带死于重耳大军的大刀之下。翟叔隗貌美，本可留作他用，但最终却被乱箭射死，因为，"绿帽子"在专制统治者和那些想成为专制统治者的人的心坎上留下的阴影太浓重了。

西施的归宿

与妹喜、妲己、褒姒相比，同是作为"美人计"工具的西施算是比较幸运的。历史上，妹喜、妲己、褒姒几乎就是"祸水"的同义语，但西施却与"祸水"无关。西施的幸与不幸似乎均在于后人对其最后归宿的记述与理解上。

西施，姓施，名夷光，春秋末年越国人。据说她出生在浙江诸暨的苎萝山村，是越国的秀山丽水孕育了西施这样的千古美人。苎萝山位于浣纱溪西，西岸的女人为西施，施夷光想必是众多西施中的一个，但"西施"之名后来逐渐为她所专有。西施的祖国是一个小国、穷国、弱国，生在这样的国家，女人，特别是美丽的女人，注定了将更加命运多舛。公元前492年，越国败于吴国，越王勾践为了东山再起，除了自己卧薪尝胆外，就是施用美人计。前者是为了增强自己的实力，后者是为了削弱敌人的实力。所以，作为国与国之间美人计工具的女人是具有"救国"与"祸国"双重功能的。因此，寻找能起到这双重功用的美女便成了越国相国范蠡重要的政治任务——谁说女人与政治无关——于是，苎萝山下，浣纱溪边，范蠡与绝色而且忧国忧民的西施一见钟情，订下了生死盟约。至今苎萝山下还留有结发石一块，据说是西施与范蠡定情的地方。

今人已很难体会西施和范蠡在个人情感与国家情感之间的艰难抉择，只知道西施离开心爱的男人，被献给了吴王夫差。在异国，西施虚与委蛇，帷幄周旋，运筹衽席，努力使吴王迷恋酒色，促其大兴土木，以消耗吴国的财力物力，致使吴国朝政日疏，百官抱怨，民众仇恨。这大概算得上是一个女人最佳的爱国表现了。关于西施，后人最不能忘怀的，一是她的美貌（东坡所说的"淡妆浓抹总相宜"），二是她的爱国。至于西施与范蠡的生离死别，在敌国所忍受的情感与肉体的折磨，对知己情人范蠡的思恋与歉疚，是没有多少人关心的。西施没有被后人骂为"祸水"已是万幸，还能指望其他什么呢？正如袁枚的《西施》二首所云：

吴王亡国为倾城，越女如花受重名。

妾自承恩人报怨，捧心常觉不分明。

笙歌刚送采莲舟，重卷珠帘倚画楼。

生就蛾眉颦更好，美人只合一生愁。

西施虽然没有留下"祸水"的骂名，但当时的吴国臣民肯定将她视为丧国的尤物无疑。在家与国之间，在"祸国"与"救国"之间，西施实在是太难了。罗隐有诗云："家国兴亡自有时，吴人何苦怨西施。西施若解倾吴国，越国亡来又是谁？""倾吴国"西施是"解"的，正因为"解"，西施更加尴尬和痛苦。

春秋末年的古越往事让无数后人着迷，这种迷人的魅力无疑主要来自西施，特别是人们对西施归宿的种种猜测和想象。西施是美的化身，美，总是让人牵挂的。公元前482年，越国攻陷吴都姑苏，西施的下落成了悬案，几种典籍的记载均不相同。

《吴越春秋·逸篇》记载："吴亡后，越浮西施于江，令随鸱夷以终。"祖国胜利之际，也是为祖国胜利做出贡献的西施的灭亡之时。西施虽是功臣，但作为女人，她必须从一而终，这正是封建传统道德极不人道的地方。西施愧于曾受吴王夫差的宠爱，于是举袂蒙面，投江而死。西施的这种结局颇合封建卫道士们的胃口。西施美则美矣，于越有功则有功矣，但既嫁夫差，当随夫死。让风华绝代的西施投江而亡，卫道士心中是否有一种战栗的快感？

关于西施的归宿，《越绝书》有不同的记述："吴亡后，西施复归范蠡，同泛五湖而去。"有人认为西施与范蠡既已在"结发石"定下生死盟约，虽然后来范蠡留在越国奋发图强，西施嫁与夫差，但二人从事的是同一事业。姑苏城破之时，范蠡首先找到了情人西施，躲开尘俗，双双"乘轻舟，泛五湖"去了。流传甚广的《越绝书》的记载代表了文人雅士的浪漫想法，没有比这更美好的归宿了。可惜的是，虽然这种说法最容易为人们所接受，最富于诗的魅力，但也可能是最不真实的。关于范蠡当时的思想状况，有人认为智慧超人的范蠡看出了自己在吴国灭亡后潜在的危机，因为"狡兔死，猎狗烹。敌国破，谋臣亡"，继续留在越国，将不会有什么好的下场。于是，他携上心爱的女人西施，秘密驾一叶小舟，在月白风清之夜，离开越国"泛五湖"去了。据说，范蠡先到齐国做官，后弃官从商，发了财，定居陶山（今山东肥城市西北），改姓朱，人称"陶朱公"。但细细分析起来，范蠡带着西施出走的举动似乎又缺少应有的根据，这位一人之下万人之上的相国是否能如此超脱呢？想当年，越亡于吴，他的主子勾践垂头丧气如丧家之犬，多亏了他的安慰和鼓励，才有了勾践的"吃屎"与"卧薪尝胆"，为了勾践所谓的复国计划，范蠡真可谓忠心耿耿，费尽了心机，甚至主动献出了自己心爱的女子。这样一位愚忠的相国，功成名就之时，恐怕很难有那样的智慧与超脱。明朝诗人高启就曾这样理解范蠡：

功成不恋上将军，一舸归游笠泽云。

载去西施岂无意？恐留倾国更迷君。

　　范蠡带走西施，竟是怕他的主子沾惹这"倾国"的"祸水"，真是让人不寒而栗。倘若果真如此，西施只能是欲哭无泪了。

　　《东周列国志》关于西施的归宿又有不同的说法："越夫人潜使人引出，负以大石，沉于江中。"姑苏城破之时，越国王后权衡局势，想到复国有功的美女西施即将回国，妒忌之心顿起，秘密派了一个叫古贲的人抢先冲入吴王行宫，将西施装入麻袋，劫持到"袋沉桥"（如今苏州这座桥仍在，不过已讹传成了"带城桥"），以大石坠沉河中。这种说法最残酷，但恐怕也是最符合实际的。

　　想不出西施还能有其他什么归宿。我们能给，或者说当时的条件能给西施什么样的归宿？

关于虞姬

关于虞姬,史书上的记载很少。现在一般人知道的有一出叫"霸王别姬"的戏,一个"虞美人"词牌,另外还有一道菜。

虞姬(?—公元前202年),又称"虞美人",生于秦末乱世,后来又嫁给时势英雄、西楚霸王项羽为妻。乱世王妃,当然有"戏",否则,京剧

《霸王别姬》哪能那么动人，千载以后犹能让人心动掉泪？有诗曰："莫折虞家宅畔柳，楚歌千载几人哀。"据说虞姬家乡生长一种垂地细柳，当地人称它为"虞姬柳"，又叫美人柳。虞姬从小天资聪颖，能歌善舞，且心地善良，爱惜花草。她在自家宅院周围遍插柳枝，并每天用自己梳头的小木梳轻轻地梳理那些柳叶。渐渐地，这些柳叶变得又细又长，就像自己的长发那样垂挂下来，纤弱美丽，惹人爱怜，因此那一带的大人和小孩都不会去折断那些柳枝。可是，在楚汉相争的动乱年代，谁能保证时代的暴风雨不会折断这美丽的纤纤柳枝柳叶呢？

虞姬是中国历史上最著名的随军王妃。初识项羽时，作为名将项燕之子的项羽尚是一流浪民间的武夫。也许是被虞姬的款款柔情激发了更多的英雄豪气，项羽起兵后，经过了"破釜沉舟""巨鹿之战""鸿门宴"之后，于公元前206年攻入秦都咸阳，杀了秦王子婴，灭了不可一世的秦王朝，实现了"用天和地作聘礼"娶虞姬为妻的愿望。婚后，项羽自称"西楚霸王"，都彭城（今江苏徐州市）。"楚汉相争"起，虞姬每每随丈夫出征，常年东征西战，从不抱怨军营生活的劳顿和危险，甘愿随时随地陪伴夫君，给了项羽巨大的情感支持和生活慰藉。史书之所以对虞姬记载不多，是因为她没有在政治生活中直接发挥多少作用，但一个女人的作用不应该仅仅局限于此。虞姬之于一个男人的重要性和在项羽心目中的地位，只有项羽心里清楚。

可惜项羽有勇无谋，几次中了刘邦的诡计，到鸿沟分界，项羽实际上已经元气大丧。公元前202年冬，刘邦与大将韩信、彭越等会攻项羽。项羽兵败垓下（今安徽固镇东北、沱河南岸），"兵少粮尽"（《史记·项羽本纪》），被汉军团团围住。此时，虞姬仍随在军中。"四面楚歌"声中，虞姬与项羽对坐而泣。此情境中，落难英雄与美人的生死诀别，怎么能不使人为之心痛？

关于女人是否是"祸水"，历史上也有几个男

人是诚实的,项羽就是其中之一。他唱道:

> 力拔山兮气盖世,
> 时不利兮骓不逝。
> 骓不逝兮可奈何,
> 虞兮虞兮奈若何!

他只是将失败归于天时命运不好,并不蛮不讲理地将责任推在虞姬身上。帐外有嘶鸣的"乌骓"宝马,帐内有伴舞的爱姬,此时的项羽想必是百感交集。有始终忠于他的宝马,有荣辱不移、至死深爱他的女人,人生如此,他也该满足了。

虞姬一面为项羽的慷慨悲歌伴舞,一面唱她自制的曲子:

> 汉兵已略地,四面楚歌声。
> 大王意气尽,贱妾何聊生!

她不愿以儿女情长使英雄气短，遂决定以死相报。泪如泉涌的虞姬突然扑向霸王，从他腰间拔出宝剑，自刎在项羽脚下。在封建社会，女人即使自杀也得用男人的宝剑。

听朋友说，如今安徽省定远县城南三十公里处，当时项羽就地掘土而成的虞姬墓仍在，我曾有意去看看，但始终未能成行。不过，荒草萋萋，狐鼠野兔，徒增人生感伤，不看也罢。

后来项羽突围至乌江（今安徽和县东北），他本可渡过乌江，回到江东后也许还有东山再起的希望。但他自觉"无面目见江东父老"，遂自刎在乌江之边。倘到九泉之下能与心爱的虞姬相见，重续儿女情长，这样也好。什么帝王业绩，早已化作了尘土，如今看来，它还不如一个"虞美人"的词牌长久。

除了词牌"虞美人"、京剧《霸王别姬》外，关于虞姬，还有一道菜，也叫"霸王别姬"。不过，"别"乃"鳖"，姬乃"鸡"也。中国是文化古国，一些人不管什么总喜欢与文化扯在一起，而且常常是瞎扯。因此，也就常常糟蹋了文化，亵渎了美。如今热爱戏曲的人逐渐少了，"虞美人"这种古老的词牌恐怕也只能为越来越少的人所知道。那么，也就剩下一道菜了，有关口福滋味，肯定长盛不衰。"鳖"和"鸡"可以做成美味佳肴，食之无妨；但硬是要和虞姬扯在一起，我看谁还下得了筷子？

汝欲何为

人做每件事恐怕总有一定的目的，这是在正常的心理状态之下，施事主体此时是理智的；如果因种种原因处于不正常的心态之下，恐怕就难讲了，一些行为常常成了非理性的甚至是兽性的宣泄。特别是在专制体制之内，一些人的行为不是自己所能把握的，失去了明确目的，错乱失据。

汉高祖刘邦之妻吕后最著名的一招，就是将她的情敌戚夫人做成了"人彘"。刘邦死后，吕后掌权后的第一件事就是将戚夫人囚禁起来，剪去她的头发，给她戴上手铐脚镣，穿上罪人的衣裙，罚她做苦工舂米。此后，吕后又千方百计残害戚夫人的儿子赵王。到此，吕后达到了打击戚夫人的目的，戚夫人已经不再对她构成威胁。在此之前，吕后的行为基本是"理性"的。但不知为什么，她犹嫌不过瘾，又派人砍去戚夫人的四肢，挖去眼珠，用药熏其耳使她成为聋子，逼其服下暗药使她成为哑巴。为了延长心中战栗的快感，吕后还不肯让已经成为怪物的戚夫人马上死去，又将这个活怪物放在厕所中，称之为"人彘"。吕后的做法真是让人毛骨悚然，连吕后的儿子汉惠帝看了戚夫人的惨状后都大哭起来，说："此非人所为。臣为太后子，终不能治天下。"（《史记·吕太后本纪》）如果惠帝再问他母亲一句：汝欲何为？不知吕后会作何回答。在掌握了专制统治权后，在毫无监督的情况下,人的兽性的一面在狂奔乱跳,已非本人所能掌握,只有人才可能是理性的,兽性占了上风,还能指望什么理性呢?

越是受压制的东西,一旦有释放能量的机会,就越具有超常的破坏性。在这个意义上讲,"最毒不过妇人心"的说法不是毫无道理的,因为女性受到了太长时间的太多的压制,一旦爆发,必定非常之"毒"。吕氏虽贵为皇后,但作为一个女人,她在相当一段时间内是受压制的,命运对她并不都是公平的。

吕后名雉,字娥姁。她嫁给刘邦时,刘邦只是沛县泗水的一名亭长。吕雉其时除了帮助家计外,还要下地干农活,并为刘邦生下了一子一女,可谓劳苦功高。刘邦犯事逃避在外时,吕雉曾被官府抓去代刘邦坐牢。刘邦起兵时已三十八岁,儿子刘盈才五岁。刘邦兵败于项羽,吕雉又被项羽掳走作为人质,直到楚汉鸿沟分界,吕雉才回到刘邦身边。

刘邦称帝,吕雉被立为皇后,子刘盈为太子,吕雉才熬出了头。但"能同苦不能同甘"是铁定的规律，前殿与后宫从来就不可能是平静的，吕雉及其子刘盈的地位不久便受到了挑战。吕雉虽为皇后，但年老色衰，刘邦宠爱山东定陶籍的戚夫人，南征北战总是带着戚夫人同行，吕雉成了留守皇后。戚夫人为刘邦生有一子名如意，长得很像刘邦。刘邦对如意十分宠爱，觉得刘盈过于懦弱，有意改立如意为太子。吕雉好不容易熬到今天，现在竟有人要吃现成的果子，她心中怎么能不愤愤不平。虽然后来张良设法帮她保住了刘盈的太子地位，但吕雉心中埋下了仇恨的种子。

在险恶的政治与婚姻环境中，吕雉锻炼得异常刚毅狠毒，这也是环境造就人。刘邦对她的感情日益淡漠，更加深了吕雉的嫉恨。除了自己亲生的一子一女外，吕雉很难相信任何人，凡是有藐视她及其子女地位的，吕雉都牢牢地记在心里，等待他们的无疑是可悲的下场。

刘邦死后，刘盈即位为惠帝，但大权掌握在吕雉手中。刘邦一死，吕雉牢牢掌握了专制统治权，可以毫无顾忌了。为了免除后患，吕雉在折磨戚夫人的同时，千方百计要除掉其子赵王，到了锲而不舍的地步。她先是差人召赵王来京，以便杀之，但赵相周昌知道吕雉用心，不肯奉诏。于是吕雉又召周昌来京，然后派另一使者将失去依靠的赵王召来长安。刘盈秉性仁爱，知其母用心，在赵王来到之前，到长安城外东灞去迎赵王，将这个差一点夺去他太子位的同父异母兄弟接到自己家中，起居饮食均在一起，使吕雉欲杀赵王而又无从下手。但机会终归是有的，一次刘盈晨起外出习射，赵王如意年幼不能早起，单独留在宫中。吕雉好不容易逮着个机会，忙派人强行给赵王灌下毒酒，将其毒死，终于了却了一桩心愿。

"一个人说了算"确实是个好东西，吕雉知道专制权力的好处，更知道它的重要性。在它面前，吕雉可以把一切都放在一边，连家庭伦常也不例外。刘盈同父异母的哥哥齐王刘肥为免遭吕雉毒手，接受手下一谋臣的建议，尊吕雉女鲁元公主为齐王太后，施以母礼，以此来拍吕雉的马屁。吕雉竟代为接受，不顾刘肥与鲁元公主为同父异母的兄妹。另外，为了亲上加亲，吕雉竟将鲁元公主的女儿也就是刘盈的外甥女张氏立为刘盈的皇后，以便牢牢掌握统治权。但人算不如天算，张氏始终生不出儿子。无奈之下，吕雉便让张氏取他人之子佯称为己子而杀其生母，然后将其养在宫中，于是张氏便有了这样的几个"儿子"。刘盈死后，吕雉就立张氏假子为少帝，自己以太皇太后临朝。待少帝知吕雉杀母之仇，吕雉即杀少帝，另立其他假子做傀儡。如是者再三，反正假子有的是。

为了巩固自己的地位，吕雉大封吕姓为王，以诸吕为亲信，并以吕氏女嫁刘姓宗室。皇族娶吕氏为妻的，多受吕女的欺凌。赵幽王刘友不爱吕氏女，为吕氏女所谗，竟被吕雉召去长安，活活饿死。赵共王刘恢受吕氏女的监视，不得自由，其爱姬也被吕女毒杀，敢怒不敢言，只得愤而自杀。如此，在吕雉统治下，所谓"女权"是大大得到张扬了。刘邦得天下，规定非刘氏而王者，天下共击之，吕雉不理刘邦这一套，也算报复了刘邦一把。

有人认为，女性天生优越于男性，生理差异为女性的全部生命增光添彩。而男性天生是爱竞争的、富于攻击性，在性方面是具有掠夺性；而女性能生育这一生理能力就意味着她们与生俱来富有和平、抚养和合作的"女性气质"。但现在看来，至少说在专制权力面前，男女一样都会失去人性，专制权力将成为最大的"理智"所在。吕雉所做的一切与男性帝王相比，有过之而无不及。专制，以及种种专制的恶的派生物是没有性别的。

吕雉是中国历史上第一位女主，她的"事业"是开拓性的，由此，吕雉成了后世女主的"楷模"。武则天将她的两位情敌砍去双手与脚趾，投入酒瓮醉其骨，与吕雉的"人彘"有异曲同工之妙。汝欲何为？吕雉总不至于说就是为了树立这样一个楷模吧。

传世国宝

中国的"国宝"可谓多矣,有具形的,也有无形的。汉元帝就掌握、坚守着两件"国宝":一是传国玺,这是有形的;二是天赋皇权、皇位世袭的观念,这当然是无形的。

秦始皇统一中国后,自称"始皇帝",希望秦王朝能二世、三世以至万世永远相传,于是命人用蓝田玉制玉玺一块，让李斯在上面篆书"受命于天，既寿永昌"八字。从此，皇位成为天赋的神圣不可侵犯的东西，玉玺也就成为它的象征，并世代相传为"国宝"。可惜的是秦始皇的美好愿望至二世即告破灭，子婴降汉，将玉玺献给了汉高祖刘邦。刘邦将此亡国玉玺当成了宝贝，以为有了这玉玺，也就获得了皇权的正宗地位，也就得了天命。后来此玉玺历代相传，被称为"传国玺"。汉平帝死后，即位的刘婴年幼，传国玺就一直由作为太皇太后的元后收藏着。元后执掌着这块宝贝，一直以汉刘江山的保护人自居。

到元后的娘家侄子王莽夺权，欲改朝换代，元后才真的着了急。她虽然一直庇护她的娘家兄弟子侄——王氏一门，因她出了五个大将军、十个侯爵，使西汉国家权柄旁落，最后导致了王莽篡位——但在她的心目中有一点从未有丝毫的动摇：江山是刘家的江山，汉刘才是皇位的正统，她老太太虽然姓王，但仍是刘家的人。这些都是"天意"，是无法也是不能改变的。

王莽为了名正言顺地当皇帝，取得"合法"地位，迫切想得到传国玺，于是派侄子王舜到元后处索要。此时的王莽已掌握了朝廷大权，元后实际上已无法左右局势，但她仍想自欺欺人地维持汉刘江山名义上的存在。在她看来，传国玺在她刘家媳妇的手中，至少可以证明大汉朝未亡。如今见王舜来索要传国玺，心中十分悲凉，不由得一把鼻涕一把眼泪地骂开了："而属父子宗族，蒙汉家力，富贵累世，既无以报，受人孤寄，乘便利时，夺取其国，不复顾恩义。人如此者，狗猪不食其余，天下岂有而兄弟邪！"元后此时已是八十多岁的老太太，哭得涕泗横流，引得左右也一起流泪，估计真是动了感情。元后虽然说要与传国玺、与汉家江山共存亡，但此时的她毕竟已是势单力薄的、没多大用处的老太太，知道再坚持也没有什么用，最后只得将传国玺投掷于地。这狠狠的一掷，足可见老太太心中的无限悲愤、无限凄凉与无可奈何。

王莽得玺，改国号为"新"，元后所坚决维护的汉刘江山名实双亡，她的"尊号"也改为"新室文母太皇太后"。至此，元后可能也就剩下这个称号了。王莽为了讨好这位老太后也是他的姑姑，特地为她修了一庙，以为将来奉祀之用，因太后尚在，名曰"长寿宫"。这次，王莽又引得老太太特别伤心，因为建"长寿宫"的前提是毁废元帝的宗庙，她作为汉家的寡妇，怎么能用先帝的宗庙来修自己的"长寿宫"呢？虽说，王莽是她的娘家侄子，拆毁元帝宗庙修"长寿宫"也是为了孝敬她，但这样做在她看来显然是违背天意的胡闹，是她不能原谅的。这位老太后在悲痛以及对天意的惶惶不安中又活了几年，寿八十四而终。在她看来，即使到了阴间，见了元帝等婆家人，她也是没法交代的，因为从她手里交出了传国玺，某种程度上讲，汉刘江山也就亡在了她手里。

元后王政君历成帝、哀帝、平帝、孺子婴四世，加上她生在宣帝时代，嫁在元帝，死在王莽新朝，一生经历七朝。中国历史上的女摄政王的所谓"摄政"，只不过是男性皇权链条中的过渡性环扣。她们不是以女性的独立人格，而是通过婚姻生育程序，以"母后"的身份在非常时期走入政界，监护正统皇权。在这方面，元后是典型的：她摄政五十余年，虽然也维护娘家人的特权，但她一直是以刘家正统自居，她的任务就是充当刘家江山的监护人。她虽贵为皇后、皇太后、太皇太后，最后经改朝换代，也得平安地寿终正寝，但她的一生却是个悲剧。

王政君出身于官宦之家，从小失去母爱，大家庭的复杂环境，逐渐养成了柔顺与世无争的性格，加之从小所受的严格的封建传统妇女教育，使她成了一个封建道德和传统礼教的坚决执行者和维护者。由于很偶然的机会，她成了太子刘奭（后来的元帝）的小老婆。刘奭虽不爱她，但她却为他生下了第一个儿子刘骜（后来的成帝）。刘奭即位后，因王政君是他长子的生母，不得不封她为皇后，刘鹜也被立为太子。王政君虽是皇后,但元帝宠爱傅昭仪,很少和她见面,夫妻之爱对她来说是句空话。西汉重外戚,加上王政君的庇护,王家在朝廷的势力越来越大,客观上造成了外戚专权的现象。

到刘骜即位,王政君自然而然地成了皇太后。成帝刘骜是王政君的独子,王政君对他颇为纵容,成帝自己又不争气,宠幸赵飞燕姐妹,成了一个荒淫无用的皇帝。为了讨好母后,成帝大封诸舅,外戚开始弄权,最后导致了西汉的灭亡。

王政君的一生,是女儿、妻子、母亲,却唯独不是她自己,而且,丈夫不爱她,儿子又不争气,娘家人为了弄权也只是利用她,造成了她一生的悲剧。她凡事逆来顺受,遇事没有主见,但却始终坚守着她那一套传统观念,死抱着那块劳什子——事实上并不"传国"的传国玺不肯交出,那气鼓鼓的一掷,真让人哭笑不得。正如班固《元后传》中所说:"位号已移于天下,而元后卷卷犹握一玺,不欲以授莽,妇人之仁,悲夫!"这里的"妇人之仁"正是皇权时代女性正统夫家观念以及女性丧失独立人格的代名词。

中国的那些所谓"传世国宝",有形的可以留下来作为研究之用,原本的作用,如传国玺的权力象征意义,恐怕也用不上了;无形的,如元后所坚守的皇权政治及道德观念,早该扔了,否则让其"既寿永昌",像王政君那样,害人害己也害国家。

墓草青青

汉语有个词是为一个女人的墓专用的,这就是"青冢",墓主是中国古代四大美女之一的王昭君。"青冢"在内蒙古呼和浩特旧城南郊二十公里,大黑河南岸,蒙古语称为"特木尔乌尔虎"。它是一座人工垒夯的大土丘,高约十丈,占地面积约二十亩。它的北面是属于阴山山脉的大青山,冈峦起伏，绵延塞北，似一道天然屏障；南面是一望无际的草原，黄河在河套平原最大的支流——黑河，宛如一根银带，盘绕回环，流向远方。蔚蓝色的天空与辽阔的草原相连，白云悠悠，青山隐隐。青冢平地起堆，突兀耸立，气象巍然。宋人乐史著的《太平寰宇记·卷三十八》说昭君墓草色常青，故称"青冢"。据说，过去每年到了"凉秋九月，塞外草衰"的时候，唯独"青冢"上的草和树仍保青色，形成所谓"黛色横空，若泼浓墨"（张相文《塞北纪游》）的景象。王昭君遂被染上了奇异的色彩。

历史人物，特别是著名的历史人物，总免不了被后人"折腾"的命运。王昭君作为中国古代四大美女之一，自然也不能例外，常常是政治家和文人利用的对象。至于她的本来面目，至于其生命本体，是很少有人关注的。

政治家从国家统一、民族团结的高度来论述昭君出塞的意义，往往夸大了王昭君的历史作用，好像昭君出塞，汉匈立马事息人宁，王昭君成了连卫青、霍去病也望尘莫及的民族英雄。历代不少诗人也对昭君出塞竭尽赞美之词。如唐张仲素的《王昭君》诗："仙娥今下嫁,骄子自同和。剑戟归田尽,牛羊绕塞多。"（骄子是"天之骄子"的略语。汉朝人认为匈奴人得天独厚,为天之骄子。）五代前蜀诗人韦庄的《绥州作》诗："明妃去日花应笑,蔡琰归时鬓已秋。"将昭君出塞看成了天大的好事,连花儿见了也会笑出声来。元代吴师道的《昭君出塞图》："一出宁胡终汉世,论功端合胜前人。"明代莫止的《昭君曲》："千年青冢在,犹是汉宫春。"清朝道光年间彦德的《咏王昭君》更是"语出惊人"："闺阁堪垂世,明妃冠汉宫。一生归朔漠,数代靖兵戎。若以功名论,几与霍卫同。人皆悲远嫁,我独羡遭逢。纵使承恩宠,焉能保始终。至今青冢在,绝胜赋秋风。"董必武也有诗云："昭君自有千秋在,胡汉和亲识见高。词客各摅胸臆懑,舞文弄墨总徒劳。"其实,无论是指点江山者,还是舞文弄墨者都犯了一个错误：没有从人的生命本体，从人的命运，特别是妇女命运，去认识王昭君。

在汉代，胡汉和亲，女子出塞是一件非同寻常的事，不是谁想去就去、谁不想去就不去的。汉高祖刘邦为了汉匈和平，曾采用刘敬的和亲建议，准备将他的女儿鲁元公主嫁给匈奴冒顿单于，但被吕后劝阻，她怎么肯将自己唯一的女儿嫁到塞外蛮荒之地呢？汉武帝为了联络乌孙抗击匈奴，将江都王刘建的女儿细君嫁给乌孙王昆莫。细君出塞后，曾作诗曰："吾家嫁我兮天一方，远托异国兮乌孙王。穹庐为室兮毡为墙，以肉为食兮酪为浆。常思汉土兮心内伤，愿为黄鹄兮还故乡。"作为贵族娇小姐的细君是无法忍受这种生活的。特别是因为文化的差异，"西出阳关无故人"，恐怕没有哪个女子愿意远嫁塞外的。

王昭君，名嫱，字昭君，西汉元帝后宫的宫女，既非公主亦非郡主，以"良家子"被选入宫。据《史记·李将军列传》"索隐"引如淳注，所谓

"良家子",即"非医、巫、商贾、百工也",史书也没有记载她出身官宦之家,因此王昭君很可能出身农家。王昭君是西汉南郡秭归人。在现在的湖北省兴山县长江南岸,即长江西陵峡第一险滩兵书宝剑峡附近,有一个群山环抱的村庄,叫昭君村,就是王昭君的故乡。如今那里还有昭君宅、望月楼、梳妆台、娘娘井和昭君台等有关昭君的旧迹遗址,流传着许多关于昭君的美丽传说。昭君村背靠纱帽山,面临香水溪,山青水秀,树木葱茏,环境十分幽美。香溪是一条秀丽的小溪,色碧如黛,彩石铺底,沿河绿树成荫,芳草遍地,相传王昭君曾在这里浣帕染脂,因名香溪。至汉元代选拔秀女,昭君告别亲人(其中也许有她的情郎),离开美丽的故乡,这是昭君悲剧的开始。我想,无论是在汉朝深宫,还是塞北异族,在昭君梦中出现最多的肯定是她故乡的山青水秀、花香鸟语。

史载,昭君出塞是自"请掖庭令求行"(《后汉书·南匈奴传》),表面上看是自愿的。但《后汉书·南匈奴传》的另一段记载颇能说明问题：昭君"入宫数岁，不得见御，积悲怨"，这才是昭君出塞的真正动因。她是要借出塞的机会，飞出封建后宫的牢笼。因此，从这种意义上说，昭君出塞也是被迫的。汉族女子出塞漠北、远嫁异族是一件可怕的事，昭君的选择一方面表明了她的勇气，一方面更说明了后宫制度的极端不人道。

昭君出塞是在公元前 33 年（汉元帝竟宁元年），此时，匈奴的势力已大大削弱，失去了与汉朝对抗的实力。是年春正月，匈奴呼韩邪单于第三次朝汉，并主动提出"愿婿汉氏以自亲"；元帝以宫女王嫱配之，于是有了传颂不衰的"昭君出塞"故事。

"昭君出塞"本是和平年代的和平事件，但它客观上起到了巩固和促进民族团结的巨大作用。当时，"昭君出塞"对于汉匈双方来说都是政治上的一件大事。呼韩邪单于称昭君为"宁胡阏氏"（《汉书·匈奴传》）。"阏"指匈奴君主的正妻。颜师古解释说:"言胡得之,国以安宁也。"可见呼韩邪单于对此事的重视。汉元帝为了纪念呼韩邪单于这次朝汉,特改元"竟宁"。 1954年内蒙古包头市召湾汉墓出土了西汉时期的"千秋万岁""单于和亲""长乐未央"等陶片瓦当的残片,也很能说明"昭君出塞"在当时的影响。昭君作为和亲使者,客观上播下了汉匈友好的种子,影响深远。但从昭君出塞的情况看,当时的统治者某种程度上是把王昭君作为政治工具来使用的。至少,王昭君嫁给呼韩邪单于并非出于爱情。昭君出塞的真正动因,是没有多少人要关心的,谁会去关心一个女人心理和肉体上所受的痛苦和煎熬呢?在匈奴,王昭君过着住穹庐、被毡裘、食畜肉、饮乳酪的游牧生活,忍受着生活上的极大不便,更忍受着文化上的巨大隔膜。呼韩邪单于死后,按照匈奴"夫死妻其后母"的风俗,昭君必须嫁给呼韩邪单于的长子复株累单于雕陶莫皋。昭君无法忍受这种原始群婚制的遗留,因此上书汉成帝,要求归汉。但昭君与单于的婚姻关系是汉匈关系的象征，汉成帝出于政治考虑，敕令昭君"从胡俗"。昭君也就只好从"胡"而终了。东汉蔡邕的《琴操》里载有一首《怨诗》，说昭君出塞以后，山高水远，南望故土方向，心情忧郁哀伤。汉魏时期的琴曲中有"辞汉""跨鞍""望乡""奔云"和"入林"等唱段，描写王昭君被迫入宫又被迫远嫁，后化为飞鸟，奔向云中的悲惨遭遇。应该说这些记述和描写在情感上是较符合实际的。

昭君一直是史家和文人阐述观点和抒发情怀的工具和载体。从西晋石崇起，李白、杜甫、白居易、苏轼、陆游、陈子龙、袁枚等著名诗人都有咏唱昭君的诗作，王安石、司马光、欧阳修、梅尧臣等诗人还有专门以昭君为题互相唱和的作品。据不完全统计，这些诗作总共不下六百首。以昭君为题材的戏曲，从元代的马致远起，一直到郭沫若，也有二十四五出之多。敦煌发现的昭君变文，证明至少从唐代起，昭君故事就已广泛流传于民间。此外，元代还有散曲，明清还有鼓词、小说；至于演唱昭君故事的民间戏曲和说唱小调，更是不计其数。能享受这样的"文学待遇"，这在历代后宫女性中是绝无仅有的。

人们一直认为西晋石崇的《王明君辞》（晋时为避司马昭讳改"王昭君"为"王明君"，有时亦称"明妃"）是第一篇以昭君出塞为题材的文学作品，并定下了有关昭君文学作品的悲剧基调。其实在石崇之前，汉朝就有了表现昭君出塞的乐曲。据《唐书·乐志》记载："《明君》，汉曲也。元帝时，匈奴单于入朝，诏以王嫱配之……汉人怜其远嫁，为作此歌。""怜其远嫁"的哀怨基调是符合昭君出塞的情境的，但限于当时的历史条件，还不可能揪出封建后妃制度这个罪魁祸首。以"怜其远嫁"为主题写得最好的诗，我觉得当推北周庾信的《昭君词》："敛眉光禄塞，还望夫人城。片片红颜落，双双泪眼生。冰河牵马渡，雪路抱鞍行。胡风入骨冷，夜月照心明。方调琴上曲，变入胡笳声。"此诗不但写出了出塞途中的风霜之苦，也抒写了昭君的思乡念国之情；不只写自然气候的迥变，"方调琴上曲，变入胡笳声"一句更写出了文化上的隔膜；更主要的是，此诗没有封建士大夫的那种酸溜溜的味道。"怜其远嫁"表现了对红颜薄命的同情和安土重迁的思想，这一主题是朴素的。但后来，这一朴素的主题被逐步异化了。如果说歌颂昭君出塞是为了国家统一的政治目的；那么落难文人以此为题材吟诗作文，往往是同病相怜，借此抒发自己的幽怨之情。

南北朝时梁朝的吴均在《西京杂记》一书中，捏造了一个宫廷画师毛延寿：元帝后宫美人甚多，元帝常常难以选择，因此让毛延寿画后宫女子像，元帝"按图索骥"，图美者得被召见。许多宫人为了被皇帝临幸，只得向毛延寿行贿，希望毛延寿手下作美。因为昭君不肯贿赂，毛延寿便故意将昭君容貌画得丑陋不堪，致使昭君进宫多年而不得元帝召见。由此，吴均开了封建士大夫借王昭君抒发其政治失意情怀的先河：毛延寿是谗害忠良的奸臣，王昭君便是被陷害而远离君王的美将良臣。李白的几首昭君诗表现的就是这种主题，如《王昭君》二首："昭君拂玉鞍，上马啼红颊。今日汉宫人，明朝胡地妾。""汉家秦地月，流影照明妃。一上玉关道，天涯去不归。汉月还从东海出，明妃西嫁无来日。燕支长寒雪作花，娥眉憔悴没胡沙。生乏黄金枉图画，死留青冢使人嗟。"前者酸味十足，后者"宫怨"之情堪怜。李白与这两首诗取同调的还有一首《于阗采花》："于阗采花人，自言花相似。明妃一朝西入胡，胡中美女多羞死。乃知汉地多明姝，胡中无花可方比。丹青能令丑者妍，无盐翻在深宫里。自古妒蛾眉，胡沙埋皓齿。"显然，李白自己就是那"没胡沙"的"蛾眉"、"埋胡沙"的"皓齿"。历代咏昭君的诗词中，据说以白居易的《王昭君》最负盛名，"满面胡沙满鬓风，眉销残黛脸销红。愁苦辛勤憔悴尽，如今却似画图中。汉使却回凭寄语，黄金何日赎蛾眉？君王若问妾颜色，莫道不如宫里时。"这是一首典型的宫怨诗，王昭君者乃诗人白居易也，作者借昭君自况，表达的是自己希望得宠的心愿。清人沈德潜的一首诗更为直露。诗写于考试落第之后，题为《落第咏王昭君》："毳帐琵琶曲，休弹怨恨声。无金偿画手，妾自误平生。"言外之意就是因为自己没有金钱贿赂考官，所以不可能被选中，只能像昭君那样"自误平生"。这大概是所有咏昭君诗中最庸俗直露的处理了。再看苏轼的《昭君村》："昭君本楚人，艳色照江水。楚人不敢娶，谓是汉妃子。谁知去乡国，万里为胡鬼。人言生女作门楣，昭君当时忧色衰。古来人事尽如此，反复纵横安可知。"此诗虽然也是作者的自况，但抒发的是人生无常的主题，较"宫怨"诗格局为大。

作为一个女人，昭君也没能得到她的同类的理解，这实在是可悲的。在清代几位女诗人笔下，昭君也只是被简单处理成了一个巾帼英雄。如葛秀英的《题明妃出塞图》："绝塞扬兵赋大风，旌旗依旧过云中。他年重画麒麟阁,应让蛾眉第一功。"郭漱玉的《明妃》:"竟抱琵琶塞外行,非关图画误倾城。汉家议就和戎策,差胜防边十万兵。"郭润玉的《明妃》:"漫道黄金误此身,朔风吹散马头尘。琵琶一曲干戈靖,论到边功是美人。"三首诗均是为昭君表功,作为悲剧人物的昭君在她们笔下成了豪气冲天的女英雄,至于昭君的悲惨遭遇及其在专制制度下所受的挤压和煎熬却只字未提。这真是女性的悲哀。如果说一些男性政治家和诗人歌咏昭君出塞之功是出于国家统一等目的的话,那么这些女诗人为昭君表功,可能是出于弘扬"女权"的目的:你们男人怎么样?我们女人照样立大功,而且"差胜防边十万兵"。但是,如果将女性生命本体抛在一边,而且以"和亲"等方式来实现女权,我不知道还有什么人权、什么女权可言。

关于"和亲",历史上不少人也有着清醒的认识,唐朝诗人戎昱的《咏史》(又作《和蕃》):"汉家青史上,计拙是和亲。社稷依明主,安危托妇人。岂能将玉貌，便拟静胡尘。地下千年骨，谁为辅佐臣！"和亲乃是拙劣之策，江山社稷的安危本依赖于明主，怎能将国家的安危寄托于女性的美色上呢？

在历代咏唱昭君的诗词中，我觉得写得最好的正是历史上受谴责最多的王安石的《明妃曲》二首：

其一

明妃初出汉宫时，泪湿春风鬓脚垂。
低徊顾影无颜色，尚得君王不自持。
归来却怪丹青手，入眼平生几曾有？
意态由来画不成，当时枉杀毛延寿。
一去心知更不归，可怜着尽汉宫衣。
寄声欲问塞南事，只有年年鸿雁飞。
家人万里传消息："好在毡城莫相忆。
君不见，咫尺长门闭阿娇，人生失意无南北。"

其二

明妃初嫁与胡儿，毡车百两皆胡姬。

含情欲说独无处，传与琵琶心自知。

黄金捍拨春风手，弹看飞鸿劝胡酒。

汉宫侍女暗垂泪，沙上行人却回首：

"汉恩自浅胡自深，人生乐在相知心。"

可怜青冢已芜没，尚有哀弦留至今。

这两首诗达到了过去时代可能达到的高度。第一首一反将一切都归咎于毛延寿欺君的封建正统观念，对封建帝王进行了批判，"人生失意无南北"更是表现了清醒的现实主义精神。第二首也一反过去"怨恨"和"拳拳旧主"的主题，表现了"人生乐在相知心"的思想。这两首诗都反映了昭君的悲剧命运，表现了作者对其命运的同情，没有酸味，更不"借古人杯酒，浇自己垒块"，体现了一位政治改革家的宽阔胸襟。

我想，不让人成为工具，不把女人当工具使，应为一个正常社会的必要前提。让每个人都充分享有人权，摒除生命羁绊，当为政治的最终目的。如果我们现在连还原一个历史人物的命运都做不到，我们还谈什么社会政治的进步？

最近单位有位同事从塞外归来，我忙不迭地问：青冢之上，墓草可否依然青青？我要说的是：愿生命之草常青，有适合它的土壤，没有啃噬它的蚊虫。

邓绥的尴尬

汉和帝刘肇的第二任皇后邓绥是中国历史上的名后,作为符合封建道德规范的正面形象,而为后人称颂。但是,如果将其前半生和后半生联系起来,邓绥又是前后矛盾的。

邓绥出身高贵:祖父邓禹是开国元勋,曾辅佐光武帝开创帝业;父亲邓训时任高密侯;母亲是光武帝阴皇后的堂妹。生在这样的家庭，邓绥从小受到了较严格的传统教育，饱读诗书。据说，邓绥早早就表现出非凡的善解人意的能力，情商特别高，深得祖母太傅公邓禹夫人的喜爱。有一次，太夫人亲自为邓绥剪发，因年老体迈，眼力不济，剪刀伤了她的额头，五岁的邓绥竟然忍住了没有吭声。后来有人问她为什么不叫痛，邓绥说：我不是不痛，而是因为祖母年事已高，喜欢我才给我剪发，我如果叫痛会使祖母伤心，所以忍痛不言。由此可见邓绥的体贴人意。在此后的日子里，特别是进宫以后，为了赢得别人的赞许，为了做个好孩子，做符合封建道德规范的好女人，邓绥可谓竭尽委曲求全之能事。

史载，邓绥十岁的时候，曾多次梦见用手摸天，又仰面饮青天下面的石钟乳。卦师认为此梦吉不可言，因为古代尧帝曾梦见自己攀天而上，汤帝曾梦见自己仰头舐天。这无疑是史家的附会，因为大凡符合封建规范的皇后似乎都有过诸如此类的吉兆。

邓绥因貌美兼门庭显赫被和帝选入后宫。入宫后，邓绥更加委婉柔顺，深得和帝的宠爱，被封为贵人，居九龙门内嘉德宫。女无美恶，入宫见妒。随着和帝到嘉德宫的日益频繁，邓绥也就愈益受到和帝第一任皇后阴氏的敌视。邓绥的谦退柔顺有了用武之地，她更加小心谨慎，不敢稍有僭越。每逢宴会，后妃贵人们总是竞相修饰，刻意妆扮，争奇斗艳。在这种场合，邓绥总是素妆，如果衣服颜色与阴皇后相同，立即更换，以免招人注意和议论。和皇后一同觐见皇帝时，她总是站立一旁，不敢就座。和皇后同行时，也是躬身偻腰，以示卑微。和帝如有问话，她从不敢先皇后答话。邓绥一次生病，连日卧床不起，和帝怜惜她，特别恩准邓绥的母亲兄弟进宫伺候。邓绥听后，恐惧大于感激，因为她怕因此引起内廷和外廷的非议，对自己不利。在集权社会，遵守它的道德规范往往是为了自保，因为，如果违背它，受害的将首先是自己。

所幸和帝当时尚比较清明，见邓绥如此恭顺谦抑，对她更加宠爱，阴皇后更加被疏远。邓绥面对这种情况，十分不安，每当皇帝留宿，她常以有病不适为由加以推脱，以免专宠引起其他妃嫔的嫉恨。和帝后宫女人虽多，但却没有一个生出儿子来，邓绥不但时常为此祷告，而且亲自选择宫女觐见和帝，以博和帝的欢心。皇后得罪不得，皇帝更要殷勤伺候。邓绥如此，不仅赢得了和帝的宠爱和敬重，也赢得了宫内上下的赞誉。但阴皇后除外，因为越是如此，邓绥对她的威胁也就越大，阴皇后对邓绥也就更加嫉恨。

可见，在专制制度之下，一个女人即使严格遵守它的种种规范，要想自保也是很困难的。永元十三年夏，和帝染上痢疾，久病不起。阴后暗暗得意，她要学刘邦吕后之于戚夫人，待和帝一死，剪灭邓氏宗室。阴后将她的心思流露给左右。邓绥知道了阴后的用心，惶恐已极，决定饮药自杀，一来保全邓氏宗族，二来自己也可以避免戚夫人的命运。好在不久就传来了和帝病愈的消息，邓绥暂且躲过了一场大祸。眼见邓绥日益受宠，自己日被疏远，阴后心中恨恨不已，可是邓绥始终无失德之处，奈何她不得。在这种心理的煎熬下，阴后走上了邪道，想用巫蛊来达到消灭邓绥的目的。巫蛊即在密室中供奉毒虫如蜈蚣、蝎子、毒蜘蛛等，每天秘密作法。迷信认为毒虫经过相当长时间供奉后就能通神，并听从供养者的驱使，帮助其达到害人的目的。巫蛊多为妇女信奉，在汉代尤为流行。汉武帝时，巫蛊成祸，被悬为厉禁。宫中供奉巫蛊不便，阴皇后只好请外祖母邓朱为她秘密供奉。没有不透风的墙，阴后的罪行在永元十四年被人告发，邓家、朱家及阴家均受了株连，阴后本人也失去了后位，待罪桐宫，不久忧病而死。阴后被告发后，邓绥曾在和帝面前为她求情，表现了邓绥极为厚道的一面。

邓绥自进宫起就跟宫廷教师曹大家研读书史，邓绥的这种修养可能与此有一定的关系。曹大家就是班昭(《汉书》作者班固和西域立功的班超的妹妹),因家学渊源加上自己的勤奋,颇为博学。其兄作《汉书》未完而亡,和帝闻班昭之名,将她召入宫中,不但命其利用皇家藏书资料续成《汉书》,而且让她兼教后宫皇后以下妃嫔们读书。班昭以其学和人格赢得了大家的敬爱,因她嫁曹寿为妻(曹寿早亡),宫中除和帝以外都尊称她为"曹大家"。在中国历代后宫中,班昭无疑是一个独特的存在。前后汉各有一部专门谈"妇道"的书,前汉是刘向的《列女传》,后汉就是这位曹大家的《女诫》。《女诫》有关妇德、妇言、妇容、妇功的具体论述,虽然不无可取之处,但它的男尊女卑的理论主题无疑是反动的。《女诫》第一次将男尊女卑、夫为妻纲、三从四德等观念理论化了。作为一代才女,班昭的《女诫》无疑给她的同类套上了层层枷锁,我以为这里面肯定有皇帝的"旨意",因为班昭毕竟身在宫中,某种程度上她必须体现皇权正统思想。由女性来为自身规定种种准则,可能更有说服力。

《女诫》说:"阴阳殊性,男女异行。阳以刚为德,阴以柔为用。男以强为贵,女以弱为美。"邓绥的柔顺深得其中精髓,并在宫廷斗争中因偶然因素取得了阶段性胜利,继阴氏之后成为和帝的第二任皇后。邓绥正位中宫后,依然谨守妇道,因为还有高高在上的和帝在决定着她的命运。按照汉代重用外戚的成例,和帝欲加封邓绥兄的爵位,也被邓绥谦辞。和帝在位十七年,二十七岁突然驾崩,连皇位继承人也没有来得及安排,等着皇后邓绥做出决定。

邓绥进宫九年,处处谦损自抑,如履薄冰。现在,是继续遵守封建道德规范,还是及时掌握权力呢?邓绥最终还是选择了权力。经过九年的宫廷生活,她深知权力的重要性。邓绥先后选择了两位幼帝,自己以太后的名义临朝称制,牢牢掌握着最高统治权,即使到了皇帝成年也不肯归政,终于引起了朝中大臣的强烈不满。此时的邓绥已经不是那个谦恭的贵人和皇后了。因为女人掌握皇权从根本上就违背了"妇道",虽然邓绥还颇为勤政爱民,对外戚的要求也非常严格。在挫败一次宫廷政变后,邓绥对权力抓得更紧,谁要提到归政,都将受到严厉的处分。大臣杜根上书直言皇帝已年长,太后应该归政。可能是说得太直率,杜根竟被太后命人盛以巨囊,扑杀于殿下,然后弃于城外。杜根未绝元气,苏醒过来。邓绥不放心,派人到城外查看,杜根只得装死,在城外躺了三天,眼中生了蛆,这才躲过了太后的检查。后来他躲到湖北宜昌附近山中做了酒保,直到邓绥死后才敢出来。邓绥多年的媳妇熬成了婆,前半生"媳妇"的战战兢兢,使她痛定思痛,不能再将自己的命运甚至每天的生活交到某一个人手中。

专制权力无论掌握在谁的手中,都将是一种令人恐怖的东西。此时的邓绥可能也不会忘记当初曹大家的教诲,但此时已经变成驭下之教了。邓绥执政期间,曾创办了一所男女同读的宫廷学校,教读皇族子弟，在使用的课本中估计少不了班昭的《女诫》。说一套做一套几乎适用于每个专制统治者，这并不奇怪。

在封建专制之下，作为受过严格的道德教育的女性，邓绥的一生是不统一的，是一个尴尬的存在。邓绥的尴尬，是许多后宫女性的尴尬，这种尴尬可谓身不由己。在专制权力之下，什么都微不足道，无论是男权还是女权，一切都成了尴尬的存在。权力决定了一切，其他一切均成尴尬，包括掌权的统治者。

薄命红颜

色之极媚者莫过于桃,而寿之极短者亦莫过于桃。"红颜薄命"之说,单为此种。

——清·李渔《闲情偶记》

一

"红颜薄命"谓之美女易遭不幸，这个词用在魏文帝曹丕的甄妃身上是再恰当不过了。三国时期，有三个最著名的美女，当时有"北有甄氏，南有二乔"的说法：南方是二乔姐妹，分别嫁给了孙策和周瑜；北方就是这位甄氏。

三国是一个群雄并起、英雄辈出的时代，"英雄美人"是当时最流行的观念之一。那时，"英雄"人物对待女人的态度倒是比较"公正"的：只要长得美，并不计较贞节与否和出身贵贱。曹操夫人卞氏，长得美丽，但却是妓女出身。英雄们驰骋疆场，攻城略地，心中不免时时惦记着美丽佳人。曹操当年在南阳与张绣作战，张绣败降。绣婶贾氏，美艳寡居，曹操毫不犹豫地将其纳入后房。张绣因此怒而复叛，曹操差一点丢了性命。如此这般，英雄们倒不失其可爱的一面。三国时期，曹操父子的文韬武略当然了得，遗憾的是三大美女早已为他人所得，甄氏已嫁袁绍的二公子袁熙。

袁氏父子虽然算不上真正的英雄，但袁家当时仍是北方"第一家庭"。甄氏艳压群芳，嫁得袁家公子。对英雄来说，最可悲的事莫过于不能让自己的美人儿美得其所，甚至让别的英雄将美人夺了去，到时连"揾英雄泪"的"红巾翠袖"都没有。这才是真正的英雄末路。袁熙不算英雄，不知他兵败失美人之时，是否有英雄末路之感。甄氏没能嫁得真正的英雄，落得红粉飘零，倒真是可惜了。

在那样的时代，最能让英雄意气风发的事，莫过于将敌人打败并将敌人的美人据为己有。这样的英雄可能也最有成就感吧。官渡之战，袁绍大败，退守邺城，不久吐血而亡，袁绍三个儿子为了继承权问题弄得兄弟相互残杀。曹操父子早闻甄氏"美"名，甄氏想必是曹操大败袁军的动力之一。袁绍的老家邺城被围之时，袁家三兄弟尚在外互相争斗，只有袁绍夫人刘氏和二儿媳甄氏留在城中。

为了保证甄氏不至于被乱兵所伤，曹操下令：任何人不得伤害袁家妇女。城破之时，曹丕捷足先登，率领军队冲向北城，直奔养心湖邺侯府邸而去。当时，刘氏与甄氏婆媳二人在后院相偎在一起等死。

一个美丽的女人不是想死就能死的，也许是因为世界上总有那么一些怜香惜玉的"英雄"们？曹丕在袁家后院寻到觊觎已久的甄氏，看着她楚楚可怜的样子，怎么能不心花怒放？特别是，甄氏又是他敌人的妻子，曹丕心中那种"英雄"的感觉可想而知。老婆竟被自己的敌人弄去，"英雄"袁熙想必也别有一番滋味在心头吧。曹操只能独自品尝酸甜苦辣的滋味，他本想将甄氏据为己有，不承想被自己的儿子抢了先。无奈之下，曹操只得同意将甄氏许配给曹丕为妻。英雄难过美人关，甄氏以其貌美得以苟全性命。

二

甄氏名元，河北中山（今河北定县）人，是汉太保（宰相）甄邯的后裔。父亲甄逸曾任上蔡县令。甄氏从小喜爱读书，长得美丽而端庄。东汉末年，军阀征战，社会大分裂、大动荡。美女逢乱世，生活注定了不会平静。建安三年（198年），十七岁的甄氏被袁熙娶得，成了军阀之媳。如果不是后来被曹丕夺去，甄氏是进入不了历史的。甄氏嫁给曹丕后，不久便传来了袁熙被杀的消息，甄氏只能安心做曹家人了。甄氏此时已是一个成熟的少妇，知书达理，孝敬公婆，颇得曹丕宠爱。

不幸的是，曹丕后来做了皇帝。

202年，曹操病死洛阳。曹丕继位，迫不及待地将东汉王朝最后一任皇帝刘协赶下台，自己做了皇帝，建立曹魏帝国，史称魏文帝。曹丕称帝后，迟迟未立皇后。甄氏本为曹丕正室夫人，并为曹丕生下长子曹叡,理应被立为皇后。但曹丕已移宠姬妾郭氏。他迁都洛阳后将郭氏带在自己身边,而将甄氏留在了旧地邺城。"英雄"现在成了皇帝,有的是美人,曹丕已经不稀罕曾经让他神魂颠倒的甄氏了。对于女人,"英雄"们常常是始乱终弃的,"始乱"的时候在所不辞,"终弃"的时候也是义无反顾。

当初,袁熙将甄氏留在邺城,甄氏身不由己,做了曹丕的俘虏;现在,甄氏又被曹丕留在了邺城。长门孤灯,甄氏空守帷帐,忍受着精神和肉体的孤寂,只能作诗聊以解愁:"蒲生我池中,其叶何离离!傍能行仁义,莫若妾自知。众口铄黄金,使君生别离。念君去我时,独愁常苦悲。想见君颜色,感结伤心脾。念君常苦悲,夜夜不能寐。莫以豪贤故,弃捐素所爱。莫以鱼肉贱,弃捐葱与薤。莫以麻枲贱,弃捐菅与蒯。出亦复苦愁,入亦复苦愁。边地多悲风,树木何翛翛。从军致独乐,延年寿千秋。"不知道自封为建安文坛领袖的曹丕有没有读出甄妃诗中对他的一片深情，反正结果是：甄妃最后见谗于曹丕新宠郭氏，竟被曹丕赐以自尽，年仅四十岁。

与其他死于非命的后妃相比，甄妃之祸与权力斗争无关，貌美成了罪魁祸首。甄妃以貌美得为袁二公子夫人；袁家兵败，甄氏以貌美得以不死，并为魏文帝妃，得以进入历史；又以貌美见谗于情敌，终被赐死。红颜薄命在甄氏这里得到了有力的证明。

"红颜"何以"薄命"呢？

三

"红颜薄命"直接与所谓的"英雄"相关。"英雄"及其命运似乎直接决定了"红颜"的命运。因为，在专制社会，"红颜"自己是无法掌握自己的命运的，其命运似乎掌握在了"英雄"的手里。专制体制的大时代造就了一批又一批所谓英雄豪杰，走马灯似的。他们往往也以红颜美人的保护人自居，而嫁得英雄也是美人们的理想。英雄往往称雄一时，而且，真正的英雄本不多；即使是英雄，也常常救不了他的美人。红颜不能指望"英雄"保命。在皇权专制社会，皇帝算得上最大的"英雄"了，但后宫那么多美人，他何以相救呢？唐明皇连自己贵妃的命都保不了，何况其他呢。

而且，"英雄"们也掌握不了自己的命运，或者说，他们的命运"掌握"在专制制度手中，成了不定之物。三十年河东，三十年河西，英雄可能变狗熊，不堪之人也可能成为"英雄"。归根结底，专制制度是造成后宫女人"红颜薄命"的根本原因。试想，如果反过来，女英雄加后宫男宠，那么，"青山憔悴"将替代"红颜薄命"成为流行词汇。要破除"红颜薄命"和"青山憔悴"的命定，首先要破除造成种种"英雄"的专制制度。

据说，一代才俊、曹丕的弟弟曹植也曾暗恋甄妃，甄妃也因曹植为她所作的《洛神赋》而名留历史。据《昭明文选》记载，甄妃被曹丕捷足先登后，曹植"殊不平，昼思夜想，废寝与食"。甄妃死后，曹植去见哥哥曹丕。不知出于怎样一种心理，曹丕竟将甄妃生前所用的枕头送与曹植。曹植睹物思人，一定是非常痛苦的。苦恋之后的失去，然后是阴阳两隔，彻底失去，其心理情感状态天可怜见。曹植回其封国途中，在洛水过夜，见（想必是梦见、幻见）甄妃化作洛水女神宓妃来见，"悲喜不能自胜"，写下了风华绝代的《感甄妃》。后来即位的魏明帝曹叡为甄妃所生，大概是有感于母亲的身世，为母讳，将《感甄妃》改名为《洛神赋》。《洛神赋》如此描写甄妃：

其形也，翩若惊鸿，婉若游龙。荣曜秋菊，华茂春松。髣髴兮若轻云之蔽月，飘飖兮若流风之回雪。远而望之，皎若太阳升朝霞；迫而察之，灼若芙蕖出渌波。秾纤得衷，修短合度。肩若削成，腰如约素。延颈秀项，皓质呈露。

芳泽无加，铅华弗御。云髻峨峨，修眉联娟。丹唇外朗，皓齿内鲜，明眸善睐，靥辅承权。瑰姿艳逸，仪静体闲。柔情绰态，媚于语言。奇服旷世，骨像应图。披罗衣之璀粲兮，珥瑶碧之华琚。戴金翠之首饰，缀明珠以耀躯。践远游之文履，曳雾绡之轻裾。微幽兰之芳蔼兮，步踟蹰于山隅。

得不到的、逝去的当然是最美的。赋中的甄妃真是"美不胜收"。也许是我少见多怪，我总怀疑文人笔下描写的美人在现实生活中是否存在。我想，过高地估计美人之美，对美人的感情估计也长久不了。爱情，也要实事求是。此赋不但感情高华，文辞也极尽奢艳侈丽，没有辜负建安诗坛第一才子的美名。"才子佳人"历来是"梦幻组合"，但文人才子历来命运多舛，保不了他的"红颜"；文人一旦成长为英雄，"红颜"的命运恐怕也好不到哪里去。

能救红颜的，当然还是她自己，靠不了英雄也靠不了诗人。没有自身的人格独立，恐难以避免"薄命"。有了尊重个性的社会政治环境，有了人格独立的男人和女人、女人和男人，纵使"红粉飘零"、纵使"青山憔悴"，"青山憔悴卿怜我，红粉飘零我忆卿"，我们还有建立在人格平等基础上的"怜"和"爱"。

时至今日，"红颜薄命"作为某种规律并未完全消亡。这可能是因为世界上还存在着另一种意义上的"专制"和"霸权"，比如金钱等异己的东西，他们依然遮蔽着人的生命本体。美，仍然不得其所。

美，只有到了能为生命增色的时候，社会才是真正健康的。

丑陋的皇后

"皇后"二字往往与高贵美丽联系在一起，虽然有些朝代选后重德不重色，但总不至于丑陋。晋惠帝的皇后贾南风却是个例外，又矮又黑，奇丑无比。貌丑倒也罢了，她又无德可言，且喜好权术，性嫉而悍，荒淫无道，造就了一段恶的历史，成了中国历史上著名的丑陋皇后。因"丑恶"而成为名后，这也是没有办法的事，历史上和现实中有不少名人不就是这样成就了他们的"美名"的吗？

俗语云："错结一门亲，贻害坏三代。"对于婚配，人们当然都会慎重，因为娶一房坏媳妇，不但自己受累，子孙也会受到坏的影响。帝王之家的婚姻，那就是关系到国家兴亡的大事了，因为他们的"家"就是"国"。正因为"家"即"国"，所以国家的政治斗争才延续到了家事之中，贾南风被立为太子妃，也正是国家政治斗争的结果。她的父亲贾充是朝中的权势人物，那一派的人为了保住权势，自然千方百计将贾充之女安插到权力中心去。

晋惠帝司马衷虽然小时候长得白胖可爱，长大后才看出来基本上是一个白痴。但他在家中为长，终被立为太子，这充分反映了皇位世袭及所谓"立长不立幼"的荒唐之处。如果娶一个贤惠的妃子还好一些，偏偏后来被选为太子妃的贾南风无貌无德，又喜好弄权，妒悍无比，将国家弄得乌烟瘴气，最终导致了国家的灭亡。这与通常意义上的

"女人祸国"无关,因为贾南风已是实际上的统治者。

与历史上荒淫无度的男性皇帝相比,贾南风没什么两样。专制是不分性别的。为了权力,没有她做不出来的事。她手段狠毒,善于权谋,挟持白痴皇帝晋惠帝,把持西晋政权达十年之久。在独揽朝政期间,她杀死了婆母杨太后及杨氏一家,诛杀异己大臣和皇朝宗室,杀害非她所生的太子,挑起了达十六年的"八王之乱"。只要掌握了专制权力,什么事情都可以做,毫无顾忌,这就是专制权力的"好处"。仅以贾南风杀害杨太后为例,足可见她为所欲为毫无顾忌。杨太后并未对她的权力构成威胁,她之所以要除去杨太后,只是因为杨太后曾经训诫过她。她连杨太后的母亲庞太君也不肯放过,欲将其问斩。庞太君临刑前,杨太后抱持呼号,自己剪去头发,上书贾南风自称妾,请全母命。但贾南风根本不予理睬。将庞太君杀害后,贾南风又命断绝杨太后的一切供应,活活将其饿死。

性的态度颇能体现专制问题。男性皇帝是希望后宫的女人越多越好，而且不管多少都不准他人染指。贾南风首先解决的是"不准他人染指"的问题。据《晋书·后妃上·惠贾皇后传》记载，贾南风为太子妃时"性酷虐，尝手杀数人。或以戟掷孕妾，子随刃堕地"。贾南风嫁给司马衷不久，便牢牢地掌握了他，气焰越来越嚣张，但连生四个女儿，就是生不出一个儿子来。她采取封锁的办法，不许太子接近其他宫女。如果知道有怀孕的宫女，必要杀之而后快。她曾用卫士的大戟当胸，亲手杀死两个怀孕的宫女，宫女腹中的胎儿随即坠地而亡，真是让人毛骨悚然。

饱暖思淫欲，贾南风除了和太医令私通外，还不时派人出宫物色美男子，骗进宫中，玩够了再将其杀害——这也是不让他人染指的方法，不过比男性皇帝不让他人染指的方法干脆、残酷多了。也许，南朝宋前废帝刘子业在位时，其姊山阴公主刘楚玉的一段话能说出贾南风的心思。她对刘子业说:"妾与陛下,虽男女有殊,俱托体先帝。陛下后宫数百,而妾惟驸马一人。事不均平,一何至此?"刘子业因此为她置面首左右三十人。山阴公主的"不平"也是古今中外许多女主以及公主的不平。山阴公主手里没有权力,所以要求助于别人。而贾南风不一样,她有权,想怎样就怎样。但专制权力太诱人了,天下欲得之的人多矣,贾南风最终被赵王伦毒死,一代丑后也是名后,才退出了权力之争,结束了"丑"的历史,虽然丑名流传千古。

专制体制产生了各种各样的"丑陋"之人,有丑陋的皇帝,也有丑陋的皇后。后宫中,妃嫔之间的争斗,"斗色"和以子而尊是最重要的两个方面,因为,"以色事君"和为皇帝传宗接代是她们的两项基本任务。贾南风既无"色"可斗,又生不出儿子,只好将心思和精力转移到其他方面,破罐子破摔,具有更大的破坏性,她将大戟当胸掷向怀孕的宫人,明显是气急败坏。不然,她何以成就她"丑陋皇后"的"美"名呢?

孩子他娘

在专制制度下，好多事情都是说不准的，连起码的人伦都没了规律。对于皇帝的"孩子他娘"，也就是为皇帝生下龙子龙女（主要是龙子）的后妃来说，"母以子贵"似乎是规律。但也有相反的情况，历史上就有一些后妃因为皇帝生了儿子，儿子又被立为太子而被皇帝下令处死的。这真是邪了。

这种"立其子先杀其母"的伟大韬略由大名鼎鼎的汉武帝刘彻首创。刘彻称得上是一位具有雄才大略、能独断乾坤的皇帝。他不是一个守成的统治者，其所作所为也就常常具有开创性，"立其子先杀其母"称得上汉武帝的伟大创举之一。他在经历了一系列宫廷政变特别是误杀太子据后，痛定思痛，最后将"孩子他娘"定为罪魁祸首。

太子据死后，其母卫子夫自杀，太子位虚空了两年时间。汉武帝晚年宠爱一位赵婕妤，因其居钩弋宫，称"钩弋夫人"。钩弋夫人生有一子名弗陵，据说怀胎十四个月才生下来。相传尧也是十四个月才出生，汉武帝以此认为弗陵先天不凡，加之弗陵又聪明壮实，特别像汉武帝自己，所以汉武帝决意要将其立为接班人。但孩子他娘钩弋夫人尚年轻，汉武帝非常担心将来皇帝年幼无知，造成女主擅权，紊乱朝政。汉武帝刘彻虽然老年昏聩，但刘彻毕竟是刘彻，最后还是决定割爱，立其子先杀其母，找茬将钩弋夫人下内廷狱赐死，以绝后患。

"孩子他娘"怎么能理解事情的个中深意呢？钩弋夫人临行频频回头，希望汉武帝能赦免她；但汉武帝为了儿子和汉家江山，"孩子他娘"他是不想管了，虽然钩弋夫人颇受他的宠爱。钩弋夫人如此因子得祸，实在是冤枉和可怜。汉武帝左右曾对汉武帝说：既要立其子，何必杀其母？汉武帝回答说："往古国家所以乱也，由主少母壮也。女主独居骄蹇，淫乱自恣，莫能禁也。女不闻吕后邪？"（《史记·外戚世家》）刘彻的用心可谓良苦。他死后，弗陵即位为汉昭帝，在几位顾命大臣的辅佐下，局势较稳定，刘彻之"英明"方体现出来，稳坐天下的弗陵当感谢其父先杀其母乎？

不能不承认，汉武帝所说的"主少母壮"确是封建王朝动荡的原因之一。老皇帝刚死，嗣皇帝还小，只能由其母后主政。"母后"正当壮年，独居宫闱，又握有实际权力，"淫乱自恣"常常成为必然。但是汉武帝揭示的只是表面原因，因为，"母壮"是封建后妃制度所致，"主少"是皇位世袭制所致，专制制度才是权力和国家动荡不安的根本原因。可是你又不得不承认，汉武帝"立其子先杀其母"的做法不失"英明"之处——这也是封建专制下的怪现象：越是不人道的东西，越是"效果明显"。这里面也有个遵守"游戏规则"的问题：专制下的社会本来就是一个不人道的社会，你要参与它的"游戏"，也就必须不人道！

到了21世纪的今天，还有不少父亲称自己的妻子为"孩子他妈"或"孩子他娘"，将子女排在其母之前，不知是否暗传自刘彻？当然女性处于从属地位、女人为"附件"由来已久，倒很难说得谁之真传。刘彻从稳固刘家江山出发，立其子先杀其母，实为前无古人的创举。不幸的是后有来者，这种做法后来被南北朝时期北魏拓跋氏仿效，形成了残酷的家法制度，成了政治阴谋的借口。后妃们惧怕生子，生子后又怕儿子被立为太子，真是咄咄怪事。

北魏文成帝十四岁时，后宫李夫人就为他生下了儿子拓跋弘。文成帝皇后冯氏极有心机，没有儿子，她还暗自庆幸，因为她作为皇后生子，儿子将被立为太子，立子先杀其母，她的命就保不住了。为防止自己生下儿子惹麻烦，冯氏千方百计促使文成帝早立李夫人之子拓跋弘为太子；拓跋弘年幼，她还可以接过来抚养，培养母子感情，将来再稳稳当当做皇太后。李夫人得知其子将被立为太子，泪流满面，因为按照家法（也就是国法），她将性命难保。李夫人生于河南蒙县一小康之家，因遭兵乱，被永昌王拓跋仁看中，收入后房，带回长安。后来拓跋仁犯法赐死，她又被没入皇宫，充当奴婢。因生得美丽，得幸于文成帝。李夫人命运坎坷，本以为从此可以享点福，哪知竟因子贵而得死罪，最后被用药酒毒死，临死之前连见儿子一面也未获准许。后妃之命运无常，于此可见一斑。

但是，此次"立其子先杀其母"并未收到预期的效果。太子拓跋弘继位为献文帝，冯皇后被尊为皇太后，专擅朝政，竟派人将非亲生的献文帝毒死，造成了北魏一段时期的宫廷混乱。后来献文帝之子孝文帝仍受制于冯太后（此时已是太皇太后），她为永保冯家的地位，命孝文帝立皇长子恂为太子，以便赐死生母林氏，将其兄冯熙的女儿嫁给孝文帝为皇后。林氏美丽而贤惠，深受孝文帝敬爱；加之孝文帝从小失去母爱，不忍再让自己的儿子从小失去母亲，因此苦苦哀求冯太后免林氏一死。冯太后暗藏私心，以家法不可篡改为由严词拒绝。孝文帝虽贵为天子，竟不能保"孩子他娘"一命。

专制伦理道德一条重要的准则是"宁割伉俪之爱，勿伤骨肉之恩"，但在这里，"伉俪之爱"和"骨肉之恩"都谈不上了。人世间还有多少东西比"伉俪之爱"与"骨肉之恩"更重要的呢？但它们却无一例外地遭到了专制皇权的肆意践踏。中国传统社会历来倡导儒教，儒教在诸教中应该说是最重人伦情感的，不知对这"立其子先杀其母"做何解释。专制制度之下，竟形成了"母以子贵"和"母因子贵而死"两个极端，真是让人匪夷所思。

乐耶乐也

蘅塘退士编的《唐诗三百首》选了杜牧几首七绝，几乎均为咏史伤怀之作。其中最著名就是这首《泊秦淮》：

烟笼寒水月笼沙，夜泊秦淮近酒家。
商女不知亡国恨，隔江犹唱后庭花。

"后庭花"全名《玉树后庭花》,首唱者不是这位"商女",而是南朝陈后主(陈叔宝)的妃子张丽华。后来因为陈后主亡国,《玉树后庭花》遂成为亡国之音,唱《玉树后庭花》的张丽华也就成了不祥的女人。

《玉树后庭花》名出乐府《清商曲辞·吴声歌曲》,内容是赞美其后宫妃嫔的姿色。《隋书·五行志》记载:"祯明初,后主作新歌,词甚哀怨,令后宫美人习而歌之,其辞曰:'玉树后庭花,花开不复久。'时人以歌谶,此其不久兆也。"亡国之音,亡国之女人,现在亡国之音又由亡国的女人唱出,那还了得?

其实,亡国非乐(yue)也乃乐(le)也。如果音乐真能亡国,那么战场上就不会有隆隆的炮声,有的只是美妙的歌声到处"悠扬"了。

《论语·述而》记载:"子在齐闻《韶》,三月不知肉味,曰:'不图为乐之至于斯也。'"孔子在齐国聆听了《韶》乐之后，相当长时间吃肉不知肉味，并感叹音乐之美妙。虽然不知《韶》是何等音乐，但孔子肯定是很喜欢音乐的。

陈后主是一位多才多艺、率性任情的皇帝，在位七年，大建宫室，生活奢侈，日与妃嫔、文臣游宴，制作艳词艳曲，如《玉树后庭花》《临春乐》等，国防能力日益下降。隋兵南下时，陈后主恃长江天险，不以为意，依旧歌舞升平。祯明三年（589年），隋兵攻入建康（今南京），陈亡。显而易见，音乐本身并没有错，而是整天"乐"不思"国"的人以及让一国之君没有任何约束地"乐"的体制错了。古人说"五色令人目盲，五音令人耳聋"，现在看来都是废话，现代先进武器中好像没有"色""音"两样。

这与唱《玉树后庭花》的张丽华也没有多大关系。所谓"玉树后庭花，花开不复久"用于张丽华本人倒是较贴切的。她虽然得陈后主的宠幸，但也只不过是后主的宠物而已，与栽在后院供观赏的"玉树后庭花"无异。建康城破之时，张丽华随陈后主躲进胭脂井（又名景阳井。"栏有石脉，以帛拭之，作胭脂痕，一名胭脂井。"——《金陵百咏》）内，被隋军用辘轳吊起俘获。袁枚诗《景阳井》咏此事：

> 华林秋老草茫茫，谁指遗宫认景阳？
> 当日君王纵消渴，井中何处泛鸳鸯？

后来张丽华作为亡国之女被杀，年仅二十九岁，真是"花开不复久"。

听说早年南京鸡笼东侧有一井，井旁有"古胭脂井"石碑一块，"文革"期间，井填碑毁。如今，胭脂井在鸡鸣寺内异地修复，我去看了一下，一汪臭水而已，里面扔满了垃圾，我实在不想将其与《玉树后庭花》和张丽华联系在一起。古乐已经发掘出不少，如唐代由唐明皇与杨贵妃合作的《霓裳羽衣曲》等吸引了大量的听众与观众，《玉树后庭花》也可作为研究和欣赏的对象。那么，唱《玉树后庭花》的张丽华呢？

忠贞的前提

隋文帝杨坚的皇后独孤氏是中国历史上唯一享受一夫一妻制待遇的皇后。因是"唯一",独孤氏是"孤独"的。历史上,独孤氏被称为"奇妒"。

杨坚的父亲是北周的开国功臣杨忠,官拜柱国大将军,杨坚为其长子。独孤氏的父亲也是北周大将,官拜柱国大都督,独孤氏为其幼女。因此,杨坚与独孤氏的婚姻称得上是门当户对。杨坚虽是将门虎子,但独孤氏嫁给他时,他还只是一个主管宫廷事务的"小宫伯"。而且,在杨坚以后的政治生涯中,独孤氏一直充当着贤内助的角色,表现得相当有头脑,深得杨坚的敬重。否则,杨坚不会答应独孤氏一夫一妻的要求。

作为名门之女的独孤氏,爱研读经史,有自己的独立见解。她以史为鉴,觉得一夫多妻制有百害而无一益,一夫一妻的原则应该是夫妻真诚相爱的前提。当然,在当时的历史条件下,独孤氏对这个问题的理解不可能达到女权主义的理论高度,只是停留在感性认识的基础上。独孤氏的娘家也是姬妾相争为患,对一夫多妻的害处,独孤氏有着切肤之痛。因此,独孤氏对婚姻非常看重,希望自己的婚姻能一夫一妻、一妻一夫。独孤氏与杨坚婚后,二人互敬互爱,生活十分美满。在独孤氏的提议下,二人海誓山盟,相约互为对方的唯一,永不相叛,即使贵为帝王,也不能破坏誓约。后来,他们的女儿嫁为北周宣帝的皇后，宣帝胡来，另外又立了四个皇后，致使杨皇后失宠，差点儿株连到独孤氏和杨坚两家，是独孤氏到女婿宣帝那儿将头磕出了血，才救了女儿的性命，也使全家幸免于难。由此，独孤氏更加深恶一夫多妻制。

当初，杨坚答应独孤氏即使自己贵为天子也永不纳妾时，大概没有想到自己日后真的会当皇帝，否则他大概不会答应独孤氏的要求。身边美女如云大概是唯一能让每个男人神往的事。没有三宫六院，岂不虚了皇帝之名？在独孤氏的帮助下，夫妻二人同甘苦共患难，杨坚逐步掌握了北周的实际统治权，并于581年登上帝位，建立隋朝，史称隋文帝。独孤氏也同期正位为皇后。

独孤氏贵为皇后之后，保卫一夫一妻制的任务更重。二人虽然有约在先，但杨坚毕竟是个皇帝，按照法定，他除了皇后外也还应该有三夫人、九嫔、二十七世妇、八十一女御，这是祖宗立下的规矩。杨坚对这位独孤氏皇后既爱且畏，患难夫妻，又有约在先，因此杨坚对女色也常常是有色心没色胆。况且，独孤氏对他控制得相当严密。为防止杨坚花心，凡是杨坚能见到的宫女均为独孤氏亲自挑选，不是粗短就是黑瘦，总之都是再丑不过的丑女。这在历代也是独一无二的，哪个朝代的后宫不是美女济济？真难为了这位独孤氏，因为，挑选丑女与挑选美女一样难。即使如此，独孤氏还是轻松不了，每天要接送杨坚上下班：上朝，与杨坚共乘一辇；杨坚在前殿听政，她就在后殿等候；下朝后，又共乘一辇回后宫。为了维护一夫一妻制，独孤氏真够累的。

任何防务总归有漏洞，独孤氏的"防务"也不例外。杨坚终于钻了个空子，觅得一年轻美丽的宫女尉迟氏，并偷偷与其约会，达到了难舍难分的地步。独孤氏发觉此事，非常气愤，自然兴师问罪。杨坚在独孤氏强大的攻势下，答应将尉迟氏撵出宫外，并保证永不再犯。此事给了独孤氏很大刺激。第二天，杨坚收到独孤氏命人送来的一个锦盒。打开一看，里面竟是尉迟氏血淋淋的人头。杨坚又羞又气又恼，满肚子的委屈，但又不好发作。他奔到后苑御厩，纵马出城，无目的地狂奔不止。后经大臣调解，独孤氏也跪谢请罪，此后对杨坚更加体贴，夫妻才和好如初，并一直维持着一夫一妻的状态，直到独孤氏去世。

独孤氏的所谓爱情与婚姻的忠贞是她拼命争取来的。但在专制制度之下，要实行一夫一妻制，特别是要集天下之权于一身的皇帝对爱情与婚姻绝对忠贞，几乎是不可能的，也难免危害他人。没有人权，没有人格的平等，哪来真正的爱情，更何谈忠贞？要改变一夫多妻制，不是独孤氏一个人的努力所能奏效的。

而且，在封建专制制度之下，在一夫多妻制的大气候下，如果以是否坚持一夫一妻作为臧否人物的标准也难免要犯错误。独孤氏中年以后，更加重视夫妻关系，认为夫妻关系是神圣的，做丈夫的应该绝对忠于妻子。因此，她对朝中纳妾的大臣很看不顺眼，如果纳妾而生子，独孤氏就对其更加不满。这在独孤氏那儿，也是一条重要的政治原则；而且，独孤氏还发挥"枕边风"的作用，劝杨坚不要重用这种人。大臣高颎为官清廉，深得杨坚的信任和倚重。高妻亡，杨坚命其续弦，高辞以新丧，不肯续娶。不久，独孤氏得知高有妾生子，大为不满，尽力在杨坚面前说他的坏话，致使杨坚不再信任高颎。太子杨勇禀性纯良，但不喜欢太子妃，而宠爱一位姬妾并生下一子。独孤氏认为长子杨勇对婚姻不忠贞，日后也就难以立国，因此对他非常不满，有意将其废去，改立杨广为太子。后来此事演变成家庭悲剧，帝位落于杨广（后来的隋炀帝）之手，断送了隋朝江山。

杨坚有五个儿子，当然均为独孤氏所生，杨坚和独孤氏颇以此自豪。想着一夫一妻制将带给家庭、国家以永久的安宁，他们也深感欣慰。杨坚对臣下说："朕旁无姬侍，五子同母，可谓真兄弟也，岂有此忧邪！"（《资治通鉴》）但这只是良好的愿望。在皇权专制制度下，一夫一妻所生的兄弟照样相争为患。为了夺得帝位，杨广禁兄弑父，登位后荒淫无道，大肆罗致天下美女，哪里还谈得上忠诚、忠贞？

美好忠贞的爱情是人人所向往的，但在专制制度之下根本不可能实现。独孤氏去世时，杨坚已年近六十，但还是耐不住寂寞，宠幸宣华夫人（南朝亡国陈宣帝之女）和容华夫人，老年入花丛，如大江决堤，不久就大病不起，一命归天。独孤氏地下有知，不知作何感想？专制制度乃万恶之源，消灭专制制度当为爱情和婚姻忠贞的首要前提。为了爱情与婚姻的忠贞，独孤氏做了不懈的努力，但专制制度不除，她的种种努力注定是徒劳的。

无字碑

武则天从后宫走来前殿，坐上了本属于男性皇帝的灿灿御座，成为中国历史上空前绝后的女皇帝。她不但给史家们出了难题，也给自己弄了不少麻烦。

五代时官修《旧唐书》，武则天被安排在专纪天子皇帝的"本纪"中记述，却又被称为"则天皇后武曌"（按《旧唐书》体例，皇后理应在"列传·后妃"中记述），长长一串帝王名号中竟夹着一位皇后巾帼，非常刺眼。到了北宋，欧阳修、宋祁等人编修《新唐书》，将武则天"降级"，从"本纪"移入"列传·后妃"。对于这位武则天武皇帝，史家们是颇伤脑筋的。

对于武则天自己来说，不管是作为皇帝还是作为皇后，死后都存在一个树碑立传的问题。对此，武则天生前肯定也经过了一番犹豫。她本是唐太宗李世民的后宫才人，后来又做了太宗儿子高宗的皇后，再后来自己做了"圣神皇帝"，这名分就不好确定。她虽声名赫赫，政绩卓著，但她以一女儿身为天子，在父权制社会本来就不合法，是大逆不道的。况她为登上皇帝的宝座，曾任用酷吏，杀害无辜，连自己的亲生骨肉也不放过；加上私生活的不检点，世人定有非议，这碑文又如何撰写？但武则天毕竟是武则天，临终前，她留下遗旨：立无字碑一块，一切功过是非，任凭人说。这大概是武则天平生所做的最聪明、最明智的一件事了。

武则天遇到的难题又何止这些?

武则天出生在山西文水县一个木材商人家庭。父亲武士彟是一个精明而又有政治头脑的商人,在经营木材发了财后,以钱会友,留心结交达官贵人,当时留守太原的李渊就是他巴结的主要对象。李渊起兵后,武士彟尽力给李渊以财政支持,成了李渊的军需官。李渊称帝,他自然大富大贵,被任命为工部尚书。武则天从小受家庭的影响,想必深知往上爬的必要性和个中秘诀;且她熟读经史,具备了作为上层女性所必需的知识和修养;加之出生在北方,受鲜卑族的影响,武则天较少受到中原及南方女子那样严格的礼教束缚,养成了巧慧而又刚毅的性格,为日后那些轰轰烈烈的事业打下了人格基础。

家庭变故,是孩子成长的重要推力。父亲去世时,武则天刚刚八岁。武家本来出身贫寒,随着父亲去世，武则天一家不久就被排挤出士族门阀社会，一下从新贵堕入卑微而艰辛的境地。武则天小小年纪就倍感世态炎凉，心坎里埋下了反抗和追逐权力的种子。

武则天十四岁时被太宗皇帝李世民纳入后宫，因长得妩媚动人，李世民称她为"媚娘"——这是一个很乖巧的名字。在太宗朝，武则天有过一次表现，但似乎并没有得到太宗皇帝的赞赏。太宗御马厩中有一匹被称为"狮子骢"的骏马，性情暴烈，无人能驾驭，就连马上得天下的太宗皇帝李世民也对它无可奈何。武则天此时在后宫中只是个级别很低的才人，连见皇帝一面的机会都很少。可能是出于自我表现的愿望，她竟声称有办法制服此马，但必须有三件武器：铁鞭、铁锤、匕首。先用铁鞭鞭挞，如不服则用铁锤敲其头，再不服则用匕首割其咽喉。李世民不可能是一个女权主义者，他所喜欢的女子，要么是像长孙皇后那样的贤内助，时时给他以诚挚的规劝和善意的提醒，要么就是诸事不管、只知道讨他欢心的女性。对武则天这种巾帼不让须眉的个性，太宗皇帝恐怕只能敬而远之，一笑了之了，那三样本属于男性的武器自然也没有给她。不过，这三件暴力武器后来武则天都有了，用它们，武则天制服了另外一种意义上的烈马。

在神武的太宗皇帝后宫，在女不干政的大气候下，武则天一直未能有所作为。不过，其美色给太子李治也就是后来的唐高宗留下了深刻的印象，也算"大有作为"了，否则，哪有后来的"圣神皇帝"武曌，我们现在可能根本就不会去谈论她了。以色动人，这是封建社会女性有所作为的必经之路。太宗皇帝驾崩后，武则天和一些宫女一起被削发为尼，送进首都长安城北的感业寺，为太宗皇帝祈祷阴福。高宗即位，旧情不忘，终将过了两年青灯佛经生活的武则天纳入了自己的后宫，封为昭仪。高宗懦弱，武则天终于有了施展才能和实现野心的机会。

但武则天再有能耐，她也必须先过后宫争宠这一关,这也是皇权时代女性"有所作为"的必由之途。有过后宫生活经验的武则天深知后宫争宠的残酷性:你死我活,你活我死。在唐高宗的后宫,武则天有两个劲敌,一是王皇后,一是萧淑妃。要对付萧淑妃并不难,虽然她当时颇受唐高宗的宠爱,但她毕竟只是以色事高宗。武则天入宫后不久就施展媚功,将高宗拉入自己的怀抱,萧淑妃失宠,被打入冷宫。但王皇后在后宫的地位相当于皇帝,是武则天的"领导",特别是她背后有强大的贵族集团的支持,且无明显失德之处,武则天虽争取到了非贵族官僚的支持,但仍奈何她不得。武则天生有一女,其时尚在襁褓之中,高宗非常喜爱。为了达到打击王皇后的目的,武则天无奈之下,竟亲手将自己的女儿掐死,然后栽赃于王皇后。王皇后因此被废,与萧淑妃关在一起。武则天后来又派人将二人砍去手足,浸入酒瓮"醉骨",活活折磨致死。武则天大概是将丧女之痛化为仇恨,转嫁到了这二人身上。

两位后宫红颜被"醉骨"足以让人毛骨悚然,不过,武则天亲手掐死自己的亲生女儿更具悚人的"魅力"。武则天对着女儿迎着自己的一张稚嫩的笑脸,伸出一双纤纤素手,做成环形,卡向女儿细嫩的带着奶香的脖子,花骨朵般的笑脸在其生身母亲的卡掐下慢慢失去了鲜艳的颜色……这在我们心中引起的震悚绝不亚于"醉骨"。武则天当时心中的波澜我们现在已无法还原,为达其目的,武则天不择手段,抑或是别无选择?

武则天不久被立为皇后,她以其亲生女儿作为武器和工具,赢得了她人生的阶段性重大胜利。

坐上了皇后宝座的武则天是否马上想到了再登皇帝龙椅,我们现在已无法确定;但在经历了后来的"废后事件"之后,武则天坚定了自己当皇帝的决心却是无疑的。由于高宗自幼身体比较羸弱,又患有风眩病,常无法亲理朝政,武则天便与高宗一起接受大臣的奏议,时称"二圣",这在中国历史上也是绝无仅有的——此时的武则天已经开始创纪录了。由于武则天聪明过人，反应敏捷，又熟读经史典籍，因而各类事情都处理得比较得体，高宗便时常将处理朝政的大权委托给她。时间一长，高宗反而似乎成了局外人，有时想发发天子的威严竟不得，加之一些大臣从中挑拨，高宗心里有了废后之意。待武则天发觉此事，高宗龙案上的废后诏书墨迹尚未全干。当武则天指着龙案上的废后诏书大声质问高宗时，懦弱的高宗竟羞愧得无以自容，废后之事也就不了了之，武则天反而借此机会又杀了一批异己。

通过这次事件，武则天才真正感觉到了自己的命运还是掌握在别人手里，只要皇帝的一纸诏书，她就会马上跌入十八层地狱，被"醉骨"也不是不可能的。要掌握自己的命运必须自己当皇帝，号令天下。

这在当时看起来，无疑是天方夜谭。

男尊女卑的思想具体始于何时，现在已无法确定。据说，在中国的三皇时代，女性还是受到尊崇的。最著名的是女娲，她既是征服自然的英雄，也是创造人类的母亲；既是创造发明的神灵，也是社会生活的主宰。但不知为什么，到了五帝时代，妇女的地位竟跌落了。有人甚至认为，到了中国文明社会开始的夏代，女子已成为权势男女的淫欲工具。再后来，女子，特别是貌美的女子，逐渐成为"误国的祸水"，与祸国的奸臣并列。周武王灭商，第一次打出了"女不干政"的旗帜，女性从此被挤出了政治舞台。《尚书·牧誓》曰："牝鸡之晨，惟家之索。"意思是，母鸡打鸣，这个家就要败落了。女子参政都不允许，要当皇帝就更没门儿了——天命只托于男性，根本就没有女人的份儿。在中国几千年女不干政、女子祸国的偏见弥漫中，也只有凤毛麟角的贵族女子在政治舞台上露过头角，如开太后摄政先例的秦国宣太后、西汉吕太后、南北朝时期北魏冯太后等。但她们都是通过婚姻生育程序以"母后"身份，在非常时期走入政界的，而且都是以原王朝正统自居，不改朝换代。

武则天不仅要掌权,还要做皇帝,而且要改朝换代。

任何时代的皇位更迭总要经过一系列残酷的斗争,武则天也不能例外。而且,武则天是一个女人,她除了对付她的政敌外,还要面对一个无处不在的强大敌人:男性皇权意识。人们非议武则天,其中最主要的一条便是她采用高压恐怖政策,任用酷吏,为了登上帝位,不择手段,甚至残杀自己的亲生儿女。其实,被武则天罢黜、诛杀的人当中有相当一部分并不是武则天政治路线的反对者。《新唐书》中有这样一段记载:

> 新丰有山因震突出,太后(指武则天——引者注)以为美祥,赦其县,更名庆山。荆人俞文俊上言:"人不和,疣赘生;地不和,堆阜出。今陛下以女主处阳位,山变为灾,非庆也。"太后怒,投岭外。

这位俞兄看来是一位极端的男权主义者（在那时，有他这种观点是很平常的），在他看来，女人而为女主已经是了不得的事情，再处阳位，那绝对是大逆不道了。不过，这位俞兄的胆子也大了点，嘴上毫无遮拦，被扔下山也是自找的。在武则天掌权后，不知有多少人像这样被扔下了山坡。既然武则天比男性统治者多了一"怒"，其任用酷吏，采用比男性统治者更残酷的高压政策也就成了必然。她要镇住一群爷儿们，压制膨胀的男权意识，必须更加心狠手辣。因此，在武则天时期也就产生了周兴、来俊臣等中国历史上最著名的酷吏，发明了"请君入瓮"等一系列臭名昭著的酷刑。武则天要做皇帝，李皇宗室自然也就成了她的敌人，包括她的四个儿子，因为他们姓李，且是男性，是合法的皇位继承人。高宗死后，太子在武则天手下几废几立，其中有两个被武则天谋害。武则天可以亲手扼杀尚在襁褓中的亲生女儿，现在儿子既与妈争权，武则天杀之，心理上应该较之轻松一些吧。

为了当皇帝，武则天付出了比男性统治者更惨重的人生代价。对此，武则天应该是有思想准备的，因为，早在太宗朝，作为后宫才人的武则天武媚娘就已经认识到了铁鞭、铁锤和匕首的重要性。

每次改朝换代，统治者免不了要做一些舆论准备，武则天不但不能例外，而且对她来说，此项工作更具挑战性，因为武则天是个女人，一切都是因为武则天是个女人。虽然说有了专制权力，其他问题都好解决，但为了这舆论准备，武则天还是费了不少脑筋。首先是国号，她当然不能延续"唐"而用之。武则天培植的北门学士就以她父亲武士彟曾被封为周国公为由，说武则天是周武王的后裔。可惜的是周武王既不姓"周"，也不姓"武"，而姓"姬"，北门学士明显是牵强附会。武则天还颁布了一部《大云经》，因为其中有菩萨"为化众生，现受女身"的说法，马屁精们又附会说：武则天乃弥勒佛降世，应该代替李唐做皇帝。弄到最后，一红颜女儿身原来竟是个大肚弥勒佛，武则天的尴尬和无奈，天可怜见。

在扫除了种种障碍后，武则天终于登上帝位，改国号为"周"，改元"天授"，改尊号为"圣神皇帝"，成为中国历史上空前绝后的女皇。为此，武则天付出了惨重的人生代价，其心理和情感上所受的啃噬和煎熬，恐怕不是一般人所能承受，且是不可为他人道的。

不幸之中的万幸，武则天虽是一位失败的母亲，却是一位成功的政治家，没有成为丑角。在即位之前，为了显示"天后"的地位和能力，武则天就曾提出过革新朝政的十二条意见，其中包括劝农桑、薄赋徭、息兵戈、禁浮巧与谗言、广言路、给予有能力的官吏以晋升的机会和增加八品以上京官的俸禄等，由此可见武则天的政治卓识。武则天非常重视农业生产，一贯强调"建国之本，必在于农"。为了维护已经招致极大破坏的均田制，武则天采取了许多措施，如制止豪强兼并土地，使逃亡户还乡，解放奴婢，给以土地耕种等。武则天还让北门学士编写了一本《兆人本业》，赐给官吏，用以指导生产，要求各级官吏重视农业生产，省徭薄赋，并以耕地的增减、田户的多少和农家的收成情况作为官吏擢升的依据。这些举措极大地促进了农业的发展。另外，在加强国家边防、改善和边疆少数民族的关系等方面，武则天也做出了重要贡献。

即位后，武则天首先做的事就是停止高压恐怖政策，惩治酷吏，抚慰人心，安定政局。在镇压反对派的同时，武则天不拘一格任用人才，被推荐或自荐之人，只要有才而贤，不计门第，不欺无名，不避前嫌，均予以任用或擢升。为了改造官僚队伍，武则天首创了殿试制度，破格用人，从宽取士。689年，武则天亲自策问贡人于洛城殿，连续问试几天，考试的内容十分广泛。这种灵活实际的面试，打破了单一、沉闷、呆板的作文考试方式，发展了科举制度。为了选拔武将，武则天还开创了武举考试。这样，她能将不同类型的人才笼络在自己周围，名相如李昭德、魏元忠、狄仁杰、姚崇、张柬之等，边将如唐休璟、娄师德、郭元振等，都是一时才俊，有的在武则天死后的中宗、睿宗直至玄宗时期，仍然发挥着巨大的作用。武则天之后半个世纪出生的陆贽曾对武则天的用人之道给予很高的评价："欲收人心，尤务拔擢。弘委任之意，开汲引之门，进用不疑，求访无倦，非但人得荐士，亦得自举其才。所荐必行，所举辄试。"司马光的《资治通鉴》对武则天也有过不多的高度评价："（武后）政由己出，明察善断，故当时英贤亦竞为之用。"正是因为"明察善断"，正是武则天不拘一格任用的一大批得力的官员，为国家的安定、经济的发展起了重要的作用。为了夺权，武则天残忍狭隘；夺得政权建设国家时，她又宽祥大度，不计前嫌，正体现了武则天作为一个政治家的风度。

需要说明的是，男人们在一妇人手下似乎也干得不错。武则天"女处阳位"，也没有出现那位俞兄所说的什么灾害。在武则天的统治下，政局稳定，社会发展，使唐初的贞观之治和中期的开元盛世之间有了一个承上启下的平稳过渡期。唐中宗在705年的一篇文告说武则天"叠聪成德，濬哲应期，用初九之英谟，开太一之宏略"，此话竟出自长期被武则天剥夺皇位继承权的人之口，是让人叹服的。假设武则天生在民主时代的民主社会，如果竞选总统，唐高宗等估计都不是武则天的对手。但事实从来不承认假设，在那样的年代，她要做皇帝，明知不可为而为之，注定了要付出惨重的人生代价。武则天以一女儿之身，在封建社会的鼎盛时期，打倒了男性皇权，并在其执政期间表现出不亚于有为男性帝王的聪明才智，难怪一些女权主义者将武则天追封为中国女权运动的鼻祖。1988年，四川省广元市政府还把每年9月1日定为女儿节，以纪念这位则天女皇帝。

但事实上，武则天不可能是一个自觉的女权主义者。她曾命人编了一本向妇女尤其是官宦人家的妇女讲解妇女美德的书,名为《内轨要略》,署上自己的名字。书的内容主要是要求妇人服从丈夫,完全是孔孟的那一套。在男权社会,她必须遵守它的游戏规则,为了她的统治,她必须那么做。这里,权力是第一的,所谓的女权只能往后排了。至于她本人,完全可以不执行《内轨要略》那一套,不夺她丈夫高宗的权,她如何称帝?武则天称帝时,自名"武瞾","瞾"为武则天的独创,"日""月"同在一天空(有人解释为天体照亮下面的空处),倒是反映了朴素的男女平等的思想。但在那个时代,这一理想是无法实现的。

武则天在封建正史中之所以名声不好,相当程度上也是因为她的统治的一些非儒家特征,如规定服母丧期限与服父丧相同,派男"新娘"去和亲等。当然还有她的所谓私生活,在这个问题上,武则天跟男性帝王一样放得开。薛怀义等阳道壮伟的大汉以及张昌宗兄弟等貌美风流的后生都被武则天收罗进"后宫",娇宠有加。武则天当上皇帝后身着男装，效仿男皇设"妃嫔"，让男嫔着女装在宫中供奉，男嫔多从貌美少年中挑选。于是，本为后宫红颜的武则天也拥有了自己的"后宫"。自然也免不了争宠邀宠、争风吃醋之事，薛怀义就是恃宠而骄，吃武则天新欢的醋，弄得面子上实在过不去，才被武则天派人秘密扑杀的。竟还有毛遂自荐者，据说，名诗人宋之问时为宫廷文学侍从，仪表俊美，文才出众，自觉应被武皇帝赏识。但始终未蒙武则天青眼，情急之下，他赋诗一首，献与女皇。其中有这样的句子：

明河可望不可亲，愿得乘槎一问津。
更将织女支机石，还访成都卖卜人。

诗实在是黄得可以。后来武则天读了这首诗，当着众人的面批评宋之问说：宋卿各方面都不错，只是你不知道，你有口臭的毛病。宋之问一听，哭丧着脸，无言以对。与武则天相比，这位宋大诗人还是不够"潇洒"。不过，一文学侍从竟敢写诗对女皇帝进行"性骚扰"，客观上倒也从一个方面反映了唐朝的阔大气象。正像杨玉环与李隆基的爱情故事只可能出现在唐代一样，女皇帝也只能出现在经济空前繁荣、思想空前活跃、妇女空前解放、人格个性空前受到尊重的唐代。

武则天晚年宠爱张昌宗、张易之兄弟，为名正言顺地安置他们，特设"控鹤府"，名义上是研究儒佛道三教，实际上"控鹤府"的美少年都是武皇帝的"后宫佳丽"，他们整天凑在一起，不外乎饮酒、开筵、赌博等，"控鹤府"成了男性同性恋的天地，一片乌烟瘴气，与男皇的后宫一样充满了肮脏和罪恶。由于"控鹤府"臭名远扬，武则天索性将其改为"奉宸府"，倒也干脆。诗人杨廉夫写诗讽刺武则天："镜殿青春秘戏多，玉肌相照影相摩。六郎酣战明空笑，队队鸳鸯漾绿波。""六郎"是当时宫中之人对张昌宗的"敬称"，"明空"是武则天名"曌"的拆写。在武则天的"后宫"，张氏兄弟"皆傅粉施朱，衣锦绣服"（《旧唐书·卷七十八》），不仅享尽荣华富贵，而且成了武则天的政治股肱，双双被封为国公。武则天晚年无力操持繁重的政务，相当一部分决政大权落入张氏兄弟之手。二张把持朝政，大力剪除异己，横织罪名，屡起大狱，把反对他们的亲王、公主及大臣置于死地，天下以此为怨。可见，在女性皇帝把持的封建专制制度之下，后宫男人亦能成为"祸水"。

至此，从前殿到后宫，武则天与男性皇帝相比已没什么区别，除了性别。她将男性皇权专制统治变成了女性皇帝的专制统治，从某种意义上讲，也只是换了个皇帝，男性皇帝与女性皇帝在本质上恐怕没有什么两样。在专制制度之下，连基本的人权都谈不上，还谈什么女权男权？

几千年来，诸种因素综合形成了男主外女主内的性别分工。社会普遍认为，真正的女性应该是虔诚的、纯洁的、顺从的、持家有术的，并将这一定义强加在女性头上；至于政治，那更是与女性无缘了。而武则天在十几个世纪以前就以其行动客观上向这一定义提出了强有力的挑战，并证明了女人照样可以做皇帝，照样可以成为有为的皇帝。武则天的意义就在于此。

社会性别是由社会、经济、宗教、文化等诸因素长期作用形成的。女权运动如果完全从政治入手，甚至只是由女性来做皇帝，以行政命令和高压政策进行，只能是短期行为。武则天不可能有自觉的女性意识，在其统治下，广大妇女的命运也不可能有根本的改变。武则天只是以其铁腕客观上将男性权力天空撕开了一道口子。但这道口子马上又合拢了，而且，男性皇权意识比以前更加厚重。705年，宰相张柬之乘武则天病重在床，用武力杀掉了挟宠居中的张昌宗、张易之兄弟，去掉了武则天的最后臂膀。当张柬之等带着御林军进入皇宫前，披头散发的狂怒的武则天挡住了他们的去路。当她了解了局势后，据说是以非常轻蔑的口吻，对颤抖的中宗及其他同谋者讲话的。不久，武则天被迫让位于太子李显，去掉帝号，李显即位，恢复了"唐"国号。武则天奋斗挣扎了一生，付出了沉重的代价，但终究没有逃出传统的藩篱。不久，武则天默默死去，随其夫高宗葬于乾陵，按其遗旨，墓前立无字碑一块。

据《新唐书》记载，当男性大臣围着武则天逼其退位时，"太后（指武则天——引者注）返卧，不复语"。武则天当时的心理想必是很复杂的，"不复语"三字足见她心中有着无从诉说的千言万语，正如无字碑。无字碑既是武则天之碑，也可以说是千千万万个中国古代妇女之碑。20世纪末的今天，如果为武则天作传，无字碑上，我们又能写些什么？

无字碑矗立在乾陵朱雀门外。西面是高宗皇帝的"述圣碑"，碑文由武则天撰，其子唐中宗书，内容是歌颂高宗皇帝的文治武功。东面就是武则天的碑，高6.3米，宽1.8米，厚1.3米，额有八条螭首相交，侧有云龙纹，一字皆无。乾陵在陕西乾县的梁山上，山势峭拔，呈圆锥形。北峰最高，南二峰较低，东西对峙，成天然门阙。北峰似头，南二峰似乳，恰似一巨大女体，仰卧在苍茫大地上。

效颦东施

《新唐书》《旧唐书》从正统思想出发，常常将武则天与唐中宗的韦后相提并论，因为她们都是"篡弑而丧王室"（《新唐书》）的女主。如此这般，倒是委屈了武则天，抬举了韦后。但《新唐书》《旧唐书》的作者毕竟都是严肃的史家，他们在陈述事实时也常常能体现比较公正的一面。如

《新唐书·卷七十六》后面所附的"赞曰":

> 或称武、韦乱唐同一辙,武持久,韦亟灭,何哉?议者谓否。武后自高宗时挟天子威福,胁制四海,虽逐嗣帝,改国号,然赏罚己出,不假借群臣,僭于上而治于下,故能终天年,贻乱而不亡。韦氏乘夫,淫蒸于朝,斜封四出,政放不一,既鸩杀帝,引睿宗辅政,权去手不自知,戚地已疏,人心相挺……然二后遗后王戒,顾不后哉!

这段话某种程度上道出了一个真理:唯下而不唯上者得昌,唯上而不唯下者得亡。这在今天依然适用,也即"二后遗后王戒"。韦后学武则天"僭于上"之"形",而失"治于下"之"神",终成效颦东施。

在女性地位低下的封建社会,女人能把得天命而威严赫赫的男性皇帝撇在一边,从处处受制于人一跃而为号令天下，那确实是非常过瘾的。过瘾是过瘾，但阻力和风险太大，弄不好自己就死无葬身之地；加之需要一些可遇而不可求的外部条件，所以鲜有人问津。但常言说"榜样的力量是无穷的"，自武则天"明知不可为而为之"之后，欲效仿者不时出现，仅武则天之后短短的时期内，就有武则天的女儿太平公主、唐中宗韦后、唐中宗的女儿安乐公主等。其中颇成气候的是唐中宗皇后韦氏。

唐中宗李显是武则天第三子，在武则天的威势之下，养成了软弱拘谨的性格。特别是他的两个哥哥李弘、李贤先后被武则天鸩杀、流放之后，李显就更加小心翼翼、战战兢兢。他虽被立为太子，但他的废立只是武则天的一句话。作为太子妃的韦氏，日子自然也不好过。她是陕西万年县人，父亲韦玄贞是个小官吏。韦氏以貌美选为太子妃，没有读过多少书。但因她处于矛盾的旋涡，为了自保，留意时局，有些识见。她时时告诫李显要处处小心，注意讨好武则天及其周围的人，俨然李显的政治顾问。高宗驾崩后，李显继位，称为中宗。韦氏被立为皇后。

中宗虽然处处小心，但还是被武则天废为庐陵王。他先是幽居别宫，后被发配房州（今湖北房县），韦氏均陪伴在侧，与中宗称得上是患难夫妻。房县在武当山中，十分闭塞，夫妻俩过着艰苦的生活。中宗胆小，惶惶不可终日，亏得韦氏宽言相劝。为了防止武则天下毒，韦氏亲自下厨做每顿饭，不顾自己有孕在身。中宗十分感动，时常对韦氏说："一朝见天日，誓不相禁忌。"（《旧唐书》）在房州时，韦氏产下一女，没有衣物，中宗只好脱下自己的紧身袄，供婴儿裹用，因此这个女儿被称为"裹儿"（也就是后来的安乐公主），深得中宗夫妇的宠爱。史载，中宗与韦氏在房州十五年，"累年同艰危，情义甚笃"（《旧唐书》）。十五年后，中宗与韦氏被武则天召回首都洛阳。因武则天已称帝，中宗复为太子，韦氏为太子妃。

张柬之等发动宫廷政变，逼武则天退位后，中宗重登帝位，韦氏也正位中宫，再登后位。至此，韦氏多年的媳妇终于熬成了婆。婆婆武则天让她受尽了屈辱和压迫，韦氏这个媳妇也确实"熬"得不容易。武则天是她最痛恨的、最害怕的人，同时也是她最佩服的、最想成为的人。她受压抑那么多年，要把失去的损失补回来。她一切都想学她的婆婆。中宗坐朝，她就垂帘坐于帝后。中宗软弱，又有"誓不相禁忌"的承诺在先，因此对韦氏的要求无法拒绝。在中宗的纵容下，韦氏更加毫无顾忌，大肆拉帮结派，杀伐异己，生活上穷奢糜烂，甚至明目张胆地和大臣私通。韦氏的亲信自然日益骄纵，朝纲大乱。安乐公主"恃宠骄恣，卖官鬻狱，势倾朝廷，常自草制敕，掩其文而请帝书焉，帝笑而从之，竟不省视"（《旧唐书》）。后来，安乐公主（裹儿）竟要中宗封她为"皇太女"，这名词应为这位安乐公主首创。

韦氏母女都要像武则天那样张扬女权，可惜她们既没有武则天那样的才力和魄力,更没有武则天那样的政治远见和政治手腕,提不出治理国家的方针大计。她们要的只是为自己所用的权力,以便自己更好地享乐。国家是她们享乐的基础和载体,治理不好国家,她们的享乐注定长久不了。

中宗了解到韦氏母女的所作所为,也觉得太过分,遂有废后之意。韦氏十分恐慌,因为一旦失去权力,就什么也谈不上了。为了权力,韦氏母女竟在中宗的食物中下毒,不惜毒杀亲夫、亲父。韦氏毒死中宗后,秘不发丧,假传中宗命令,用韦氏家族的人掌握禁军,用情夫崔玄暐做宰相,请相王李旦罢知政事。此后,韦氏步武则天后尘,临朝自专朝政。至此,韦氏实际上也就走上了穷途末路。终至李隆基发动宫廷兵变,韦氏母女终于死于乱军刀下。韦氏学虎不成反类犬,东施效颦,成了丑类。

看来,什么东西都是不能"学"的,因为"东施效颦""效颦东施"肯定都是贬义词。但还是不断地有人在"学",比如慈禧,比如……

梅在深宫

一

皇帝老儿征伐异己,诛杀大臣后,最解恨、最过瘾、最狠毒的一招,就是将人家的妻女没入后宫。儿孙肯定是不能留的,那是"种"是"根",以后长出来不麻烦了?不管是"妻"是"女",能捡条活命，可谓"女权"；但迎接她们的将是更大更多的屈辱。中国历史上十大才女之一的上官婉儿就是这种"女权"的享有者。《旧唐书·后妃传》记载："中宗上官昭容名婉儿，西台侍郎仪之孙也。父庭芝，与仪同被诛，婉儿时在襁褓，随母配入掖庭。"上官婉儿（664—710年），陕州（今河南陕州区）人。祖父上官仪、父亲上官庭之，因触犯武则天被杀，上官婉儿随母亲郑氏没入后宫，其时尚在襁褓之中。婉儿刚落生诗书官宦之家，即成了罪人，这样的命运是再残酷不过了。

上官婉儿入宫后，在母亲郑氏的指导下，刻苦读书习文。郑氏出自名门世家，自幼饱读诗文，有极好的文化修养。在母亲的培养下，上官婉儿长成了一位才色双绝的女子，尤其擅长诗文。她的身份是太子李贤的侍女。从母亲那里，上官婉儿也知道了自己的悲惨家世和身世。深宫中，秋风里，常有上官婉儿哀怨的琴声。那是一支叫《广陵怨》的曲子，幽婉中有悲痛，悠远中有伤愤，一种让人恐惧的悲哀。《广陵怨》让人不由得想起《广陵散》，想起被司马昭处死的嵇康，上官婉儿的心思是不言而喻的。她又由梦中的洞庭想到了屈原，由屈原想到了作为名诗人的祖父上官仪，想到了谗害屈原的坏女人郑袖，想到了害死自己祖父和父亲的武则天。《彩书怨》一诗含蓄地表现了她的万千思绪：

叶下洞庭初，思君万里余。

露浓香被冷，月落锦屏虚。

欲奏江南曲，贪封蓟北书。

书中无别意，惟怅久离居。

据说武则天是看到了这首诗的。武则天自然不可能看不出诗中的锋芒，感觉不到其中的幽愤。上官婉儿是时十四岁，武则天进宫时也是十四岁，被太宗昵称为"媚娘"。大概是被这个巧合的十四岁感动，武则天动了恻隐之心，并未治罪于上官婉儿。为了考一考上官婉儿的文才，武则天让其当

场作诗一首,题为《剪彩花》,要求与《彩书怨》同韵:

> 密叶因裁吐,新花逐翦舒。
> 攀条虽不谬,摘蕊讵知虚。
> 春至由来发,秋还未肯疏。
> 借问桃将李,相乱欲何如。

这首诗写得相当不错,亦是饱读诗书的武则天自然不可能看不出它的好处,更不可能读不出末句"借问桃将李,相乱欲何如"中对自己篡夺李唐江山的讽喻之意。但武则天还是没有治上官婉儿的罪,反而决定将其留在自己身边,作为贴身侍从,一来可以用其才,二来可以显示自己的宽仁之心,一举两得。上官婉儿悟性极好,富有文才,武则天身边必须有这样一位女性。但更重要的一点是,武则天这样做可以向天下显示她作为女皇的风度。你看看,上官婉儿虽为罪臣之女,我仍把她留在身边,心胸是多么阔大,为君是多么宽厚仁慈。这正是作为政治家的武则天的高明之处。至于上官婉儿心理上所受的煎熬,武则天是管不了那么多了。

《旧唐书·后妃传》记载:"则天时,婉儿忤旨当诛,则天惜其才不杀,但黥其面而已。"武则天为了当女皇,诛杀李皇宗室及其他异己,任用武氏人员掌权,内官多受排挤,外官多遭贬抑,终于导致了徐敬业事变,有了骆宾王著名的《为徐敬业讨武曌檄》。在此事变中,作为武则天贴身侍从的上官婉儿起到了内应作用。这也是上官婉儿所能采取的报仇方法。可惜事变失败,上官婉儿自然是罪上加罪。但武则天最终还是没有杀她。武则天知道自己杀戮太多,难以服天下人之心,留下婉儿,可以再次向世人显示自己的仁慈之心。一个上官婉儿让武则天捞足了政治资本。为了给上官婉儿一个永远的警醒,武则天传旨对其处以黥刑。

于是,一朵黑梅出现在上官婉儿姣好洁白的额上。

这不是美人痣，而是一刀刀刻划，用朱砂、琉璃糅进刀口形成的梅花形罪记，称黥刑或墨刑。从此，一朵黑梅出现在深宫，不离武则天左右。上官婉儿将永远是戴罪之身，额上的黑梅是无法抹去的。

不少人认为，上官婉儿最终一心辅佐武则天，是因为折服于武则天的魅力。这种说法值得商榷。一个从小生长在深宫的罪臣之女，在专制高压统治下，在等级森严的后宫，她能做些什么？为祖父、父亲报仇？谈何容易。摆在上官婉儿面前的只有两条路：要么离开这个让她成为有仇不能报的罪人的人间；要么将仇恨永远藏起，忍气吞声，服从武则天的意志，为其服务，做她的工具。武则天在自己的政权巩固后，政治也逐渐开明，上官婉儿最终被迫选择了生。"露浓香被冷，月落锦屏虚"，上官婉儿只能做"冷香"了。事于杀祖、杀父的仇人，上官婉儿心灵上所受的煎熬不是他人所能想象的。

二

上官婉儿秉笔兰台，为武则天制理文诰，代其发号施令，成了武氏的左膀右臂。从某种意义上讲，上官婉儿的才能也有了用武之地。上官婉儿的祖父上官仪就是唐代初期的著名诗人，遗传加上后天的努力，上官婉儿能文善诗，为一代才女。李隆基误杀上官婉儿后，命人编其文为《唐昭容上官氏文集》，使张说作序。可惜文集今已不存，仅留张说序。不过，如今留下的许多署名武则天的文章，实际上出自婉儿之手。武则天为了在意识形态上加强自己的统治地位，尊王子晋（周灵王的儿子）为升仙太子，为其树碑，以此标举自己为姬周的后代。《升仙太子碑》碑文及序即出自上官婉儿之手，其文采风流久传盛誉。如碑文的二、三节：

黄庭仙室，丹阙灵台，银宫雪合，玉树开

花，夕游云路，朝挹霞杯，霓旌仿佛，羽驾徘徊。

树基创业，迁朝立市，四险天中，三川地纪，白鱼呈贶，丹鸟荐祉，灵骨仙才，芳猷不已。

典雅工整，优美舒畅，确为大家手笔。张说序称上官婉儿的文章"摇笔云飞，咸同宿构"，此誉并不为过。

上官婉儿特别擅长于诗歌，其诗才在前引《彩书怨》《剪彩花》两诗中已可见一斑。武则天朝，上官婉儿不但为武则天起制文诰，还经常代其作诗。到了唐中宗时期，上官婉儿不但代中宗作诗，而且还要代中宗的老婆、女儿作诗。如应命为中宗女儿长宁公主宅中的流杯池所作的《游长宁公主流杯池》之二十四：

参差碧岫耸莲花，潺湲绿水萦金沙。

> 何须远访三山路，人今已到九仙家。

全诗先实后虚，实为虚之根据，虚为实之升华，虽为应制之作，但对仗工整，一片宫商，已具律诗的体制。张说《唐昭容上官氏文集序》称上官婉儿"独使温柔之教，渐于生人；风雅之声，流于来叶"，盛赞其开一代诗风。此说是否为过暂且不论，上官婉儿的诗歌活动对盛唐诗歌的发展产生的重大影响是值得肯定的。由于她特殊的地位和身份，使她能常与武则天、中宗以及朝中大臣等上层统治阶级诗文唱和，形成了唐王朝热爱诗歌的风气。统治阶级的思想常常是占统治地位的思想，因而也就带动了社会对诗歌的热爱。《旧唐书·后妃传》记载：上官婉儿常劝中宗广置昭文学士，盛引当朝词学之臣，数赐游宴，赋诗唱和。这些无疑对唐朝诗歌的发展起到了推动作用。沈佺期、宋之问是公认的两位对律诗形成有过重要贡献的诗人。上官婉儿在则天、中宗朝，和二人多有唱和，特别推崇他们对诗歌形式的创新，这无疑也吸引了诗人们对诗歌形式的注意，加速了律诗的形成和成熟，其作用不能低估。

以上官婉儿之才情，完全可以成为一个杰出的诗人。但身在宫中，上官婉儿注定了只能是一个御用文人和宫廷诗人。梅在深宫，可惜了一代才女。

三

在中国历代后宫，上官婉儿的地位和身份都是独特的、唯一的，这与武则天是中国历史上空前绝后的女皇直接相关。武则天时，上官婉儿虽身在后宫，却既不是"后"也不是"妃"。她作为宫中的女官兰台令史，只能是武则天的政治附庸，只能是武则天的影子。那朵黑梅是她额上永远的艳丽的阴影，她必须老老实实为武则天服务。武则天虽然杀了她的祖父和父亲，但对上官婉儿还是有"恩"的，因为在上官婉儿犯了死罪的情况下，武则天不但没有杀她的头,反而对其予以重用,"龙恩"可谓深广。常言道"伴君如伴虎",上官婉儿生为女人,却又伴了只"母老虎",注定了其命运更加悲惨。上官婉儿的青春岁月是在武则天身边度过的,没有两性情感的交融,没有性爱的欢娱,没有天伦之乐,她的生命本体被遮蔽得严严实实。上官婉儿虽权倾一时,但这劳什子权力对于上官婉儿的人生又有什么意义呢?它能带给身心俱伤的上官婉儿幸福吗?

在这一点上,她远不如她同时代的薛涛等人幸运,虽然薛涛只是个"妓"。薛涛虽生长在民间,生活也远不如上官婉儿优裕,但她的身心自由是上官婉儿所不能想象的。薛涛可以与元稹等大诗人诗词唱和,情意相投,这种声气相求的精神愉悦是人世间最大的幸福,此种幸福也是上官婉儿无法享受的。

武则天死后,唐中宗即位。上官婉儿因在此次政权交接中有功,被封为"昭容",第一次有了属于女人的名分。此时,上官婉儿的青春时光早已逝去,唐中宗给了这么个名号,只不过是形式上的恩典而已。"昭容"按唐宫制,排"九嫔"第二。但据《控鹤监秘记》记载,中宗虽封上官婉儿为昭容,实际上很少临幸。上官婉儿只能默默熬着孤寂时光。

中宗时,韦后专权,中宗被其毒死。上官婉儿不满于韦氏的所作所为,联络其他政治力量,阻止了韦后的称帝之举。及李隆基起兵,韦后及其党羽被诛。其时正是夜间,上官婉儿闻讯秉烛迎李。但李隆基误认上官婉儿为韦党,令左右杀之。可怜一代红颜才女,死于非命。看着上官婉儿红颜绿鬓的头颅,知道了事情真相的李隆基不知作何想法。

上官婉儿的命运与其祖父上官仪竟可怕地一致。祖孙二人皆以诗文事主,最终又都成了皇权争斗的牺牲品。上官仪事太宗、高宗,为武则天所杀;上官婉儿事武则天、中宗,为李隆基所杀。在激烈的宫廷斗争中,上官婉儿根本无法保持中立,也许在李隆基看来,她就是后党一派。在封建专制统治下,不管是男人,还是女人,其命运本质上都差不到哪里去。

梅在深宫,露浓香被冷,我们还能感觉到她的缕缕暗香吗?

这梅的冷香也许早就掺杂了其他气味。

2013年,上官婉儿的墓被发现,真相初露端倪。墓志介绍了上官婉儿的身世,还详细记载了上官婉儿劝阻唐中宗立安乐公主为"皇太女",甚至以死相谏的事。但其墓已是一座空墓,给后人留下了想象空间。

猜测一:其墓为官方所毁。墓志显示,婉儿死后,太平公主非常哀伤,曾派人去吊祭,并出钱五百匹绢。也许是在太平公主的游说下,睿宗才下诏修建该墓的。李隆基后来突然起事,赐死他的姑姑太平公主,下令铲平太平公主丈夫的坟墓。有人推测,上官婉儿被认为是太平公主一党,其墓也因此受到牵连，棺椁和尸体被毁。在此之前，唐朝也有过此类事件发生：唐初名将徐茂公（因功勋卓著被赐姓李，改名李勣）的孙子徐敬业"造反"，武则天一气之下，把徐茂公从坟里挖出来，尸体烧掉，彻底锉骨扬灰。这是中国人的报仇方式。

猜测二：在诛杀韦氏一党时，李隆基因爱慕上官婉儿的才华，并没有真正将其杀害，而是通过偷梁换柱的方式将其保护下来。因此，上官婉儿的墓葬原本就是个空的。这显然只是良好的愿望。

猜测三：上官婉儿的墓葬毁于"温韬之乱"。五代时期，出现了一个给唐王陵带来灾难的人物——五代节度使温韬，他掘开了关中地区几乎所有的唐朝皇陵（乾陵幸免）。上官婉儿的墓可能也遭到了他的黑手。

具体如何，目前不得而知。时间也许能逐渐揭开上官婉儿墓的神秘面纱。

此恨绵绵

在天愿作比翼鸟，在地愿为连理枝。

天长地久有时尽，此恨绵绵无绝期！

——唐·白居易《长恨歌》

杨玉环与唐玄宗称得上是中国历史上最著名的情人了。李隆基虽然创造了"开元盛世"，但他在后世的知名度恐怕相当程度上还是得力于他的贵妃，和他们的爱情佳话。

在中国历史上，虽然"女人是祸水""女人祸国"的观念盛行，但李、杨的爱情却不断为人所"怀念"：李白的《清平调》、白居易的《长恨歌》、清代戏剧家洪昇的《长生殿》、现代京剧大师梅兰芳的《贵妃醉酒》、电视连续剧《唐明皇》等等，都表现了对他们的爱情悲剧的深深惋惜。鲁迅先生甚至还曾想创作一部关于杨贵妃的历史小说。历史上不断有人反对耶稣与孔子、苏格拉底与柏拉图，却没有人苛责这对情人。事实上，自古就是圣贤智者寂寞，情侣恋人流芳，"情"似乎成了唯一永远正确的东西。

李、杨爱情大概只能出现在盛唐。唐代是经济空前繁荣、思想空前活跃、妇女空前解放的时期。盛唐时，有登基制诰、号令天下的女皇帝，有设立幕府、干政决狱的女显贵，有挥翰作诗的女才子，也有擅长丝竹管弦、轻歌曼舞、色艺俱佳的女艺人……她们都得以抛头露面于社会。开放的社会、繁荣的气象、包容的胸襟带来了全新的两性关系，精神个性的相互融合与彼此仰慕成为两性关系的重要基础，两性关系不再仅仅局限于性欲的满足和后代的繁衍。当时的诗坛巨擘、文章魁首以及其他各界名流与青楼女子交往密切，他们对自己爱慕的女子，不但悦其色、慕其才，而且知其心、敬其人，心心相印，息息相通。像歌妓兼诗人的薛涛、鱼玄机、刘采春，女道士李冶等，周围都有一批崇拜者。大诗人元稹、白居易、刘禹锡与薛涛，元稹与刘采春，陆羽、刘长卿与李冶，都是声气相求、情好志笃、诗词唱和的诗侣挚友。此种关系中的女性，再也不是宫体诗中所描绘的供人把玩的物化和色情的对象。

　　李隆基和杨玉环不可能不受到这种社会风气的熏染。一开始，李隆基可能只是被儿媳杨玉环的丰艳美色所吸引；杨玉环率性而无心机，当初嫁给公公也是被逼无奈。但他们一旦生活在一起，便超越了肉体的欲求，堕入了情网。李、杨难舍难分达十六年之久（倘无"马嵬事变"，他们也许会相爱终生），这光靠肉体姿色和生理的欲求是难以维持的；何况李隆基后宫有的是美丽佳人，他干吗要死守着杨玉环呢？因为他们有着坚固的爱情基础：情趣相同，声气相求，情义相随。李隆基不仅是皇帝，也是一个多才多艺的风流才俊。他自幼十分喜爱音乐、歌舞戏曲。《旧唐书》记载，李隆基"性英断多艺，尤知音律，善八分书"。另据史记载，李隆基即位后，还曾亲自创作了"新曲四十余，又新制乐谱"，"教太常乐工子弟三百人，为丝竹之戏，音响齐发，有一声误，玄宗必觉而正之"，可见其专业水平。另外，他还选定"梨园"，创立了国家级的戏曲活动中心，称得上是中国戏曲艺术的梨园祖师。一个喜爱艺术的人，心中总有一些纯粹的东西。杨玉环也是我国历史上一位有成就的音乐家和舞蹈家，《旧唐书》说她"善歌舞，通音律"。另外，杨玉环还擅长弹琵琶、击磬等，"每抱是琵琶，奏于梨园，音韵凄清，飘如云外"。击磬则"泠泠然新声。虽太常梨园之能人，莫加也"。共同的爱好，使他们互相吸引，彼此陶醉，成了真正的知音。李隆基梦游月宫，创作了著名的《霓裳羽衣曲》；每当丈夫所作的这首美妙的曲子奏起时，杨玉环总是不由自主地翩翩起舞，舞与曲达到了高度的和谐。李隆基击打着拍子，看着翩翩舞着的贵妃，心领神会，每每如痴如狂……他们就这样沉醉在有着他们心曲伴奏的情与爱中，忘了自己的"身份"。

关于皇帝与后妃之间的爱情，正史鲜有记载，因为"爱情"在中国封建正统观念中是微不足道的；非但微不足道，而且"儿女情长"等词一直就是贬义的。但《新唐书》《旧唐书》竟然均有李隆基与杨玉环两次闹别扭的记载。翻遍《新唐书》《旧唐书》，这两段给我无比亲切的感觉。有关记载，《新唐书》《旧唐书》基本一致，想必是实情，不妨抄录如下：

> 五载七月，贵妃以微谴送归杨铦（杨玉环兄——引者注）宅，比至亭午，上思之不食。高力士探知上旨，请送贵妃院供帐、器玩、廪饩等办具百余车，上又分御馔以送之。帝动不称旨，暴怒笞挞左右。力士伏奏请迎贵妃归院。是夜，开安兴里门入内，妃伏地谢罪，上欢然慰抚。翌日，韩、虢（为杨玉环姐妹，封韩国夫人、虢国夫人——引者注）进食，上作乐终日，左右暴有赐与。自是宠遇愈隆。
>
> ——《旧唐书·卷五十一》

夫妻吵架本是平常的事，但作为大唐天子的李隆基出于惯性，发了天怒，将杨玉环遣回了娘家。可是他心中的思念欺骗不了自己，也骗不了善于察言观色、揣摩主子心思的高力士。李隆基本已回心转意，但皇帝是金口玉言，不好收回，只得用"暴怒笞挞左右"的方式来发泄心中的烦闷。至高力士将杨玉环迎回，他"欢然抚慰""作乐终日"，暴赐左右，这是皇帝表达心中的幸福与欢乐的方式。这段文字写出了一位爱情中的皇帝，个性鲜明，简约传神，堪称史笔。

《旧唐书》又载："天宝九载，贵妃复忤旨，送归外第。"李隆基令中史张韬光赐御馔，杨玉环"附韬光泣奏曰：'妾忤圣颜，罪当万死。衣服之外，皆圣恩所赐，无可遗留，然发肤是父母所有。'乃引刀剪发一缭附献。玄宗见之惊惋，即使力士召还"。杨玉环的话颇让人"心惊"，"惊惋"二字写出了李隆基心中深深的感动。看来，在真正的爱情面前，谁也不能漠然。

经过这两次小插曲，爱情暂时取得了胜利，李、杨之间的感情也更加深浓，二人的关系达到了如胶似漆、水乳交融的地步。李隆基呼杨玉环为"娘子"，杨玉环称李隆基为"三郎"，都已是平常人家的称呼。爱情之中，二人的其他身份隐去了。

正是他们的"身份"和决定他们"身份"的社

会政治体制围剿和扼杀了他们的爱情。

唐后期诗人杜牧的名诗《过华清宫》对杨玉环颇有讽喻之意。此诗被选入多种课本，可能主要是因为选家读出了其中所谓批判统治阶级腐朽生活的主题。且看此诗：

长安回望绣成堆，山顶千门次第开。
一骑红尘妃子笑，无人知是荔枝来。

喜欢吃荔枝，本是杨玉环个人的小嗜好。如果她只是个普通的农妇，爱她的丈夫会经常到集市为她买上两串荔枝，或者就在自家庭院里为爱妻栽上两棵荔枝树，这样被丈夫宠着，杨玉环也会很幸福。问题是，她不是一般的女性，而是"三千宠爱在一身"的贵妃，她的老公是大唐的天子。为了表达对自己心爱女人的一片深情，男人们往往是尽其所能。对于拥有天下的皇帝来说，"尽其所能"往往就要闯祸。于是，杨玉环个人的小嗜好演变成了历史的大波澜。据说，为了给杨贵妃进贡新鲜荔枝，驿马踩坏了无数良田，驿站的马匹也累坏不少。看到"一骑红尘"时，杨玉环脸上露出的笑容，与农妇看见自己的农夫老公为她买回喜爱的荔枝时脸上所流露的幸福笑容，本质上没有什么区别。但杨玉环的笑似乎就有了政治色彩。当杨玉环展颜一笑时，这个沉醉在爱情幸福中的女人万万也不会想到，在驿马经过的一个叫马嵬的驿站，已经为她准备了一座"香冢"。

李隆基的主要"身份"是皇帝，可他偏偏要做一个纯粹的情人，因此常常忘了自己的"身份"。为了表达对"娘子"的爱，他大封杨姓宗室，所赐巨万，这也是皇帝表达爱情的方式。对他来说，不如此，似乎就不足以表达对她的爱。进入封建后宫体制以后，杨玉环虽然有时不得不遵守它的游戏规则，但她娇憨而无权欲，基本上是一个不知道"自保"的人。有皇帝宠着，她已经感觉不到危险。她没有想到恃宠专权，她要的只是爱情，与心爱的男人同歌共舞。可是客观上,大封杨姓已造成了外戚专权的现实,给了野心家"清君侧"的口实,厄运正一步步向她逼近。

专制制度是反爱情、反艺术的。

对于作为皇帝的李隆基来说,天下的美女都为他所有,什么都可以要,就是不能要爱情;对于杨玉环来说,要爱情完全可以,只要爱,爱什么人都行,就是不能爱皇上。皇帝是天下人的皇帝,岂能专宠你一人?性情中人是做不好皇帝的,历史上有的是这样的例子。对于陶醉在爱情幸福中的李隆基来说,专制统治的任务是太重了。儿女情长,你怎么做得了皇帝?于是有藩镇割据,于是有安史之乱。历史上每次"篡党夺权"总要有个堂皇的理由,"清君侧"名正言顺,一下被安禄山选中。君侧者,杨玉环兄杨国忠也,杨国忠的政敌当然乘机杀之而后快。杨玉环为杨国忠妹,更可怕的是她深得皇上的宠幸,为免除后患,当然得一并杀之。于是有了马嵬坡前的一幕好戏。此时的李隆基"不爱江山爱美人"也不行了,即使他不给她一根白绫,那些人照样会置杨玉环于死地。权倾天下的大唐天子李隆基是救不了他心爱的女人了。爱情本无罪,但在专制制度之下,在唐明皇与杨贵妃身上,它却成了罪魁。对于李隆基来说,爱情似乎成了"祸国之水";对于杨玉环来说,爱情造成了她个人的灭顶之灾。接到赐其自尽的圣旨,接过高力士递过的白绫,杨玉环这个爱情中可怜的女人惊扑在地,她恐怕至死也不会明白其中的原因。爱情终于成了政治祭坛上的牺牲。

《全唐诗》所收杨贵妃存世的唯一的一首诗,乃为她的侍女张云容而作,题作《赠张云容舞》:"罗袖动香香不已,红蕖袅袅秋烟里。轻云岭上乍摇风,嫩柳池边初拂水。"红蕖与嫩柳,可视为作者的自况。凶险的专制政治环境之中,红蕖与嫩柳,避免不了被践踏和折损的命运。

真正的爱情本来就少有,帝妃之间的爱情就更加难得。李、杨的爱情悲剧留给人们的是永远的惋惜。"此恨绵绵"了多少年！

"在天愿作比翼鸟，在地愿为连理枝"，爱情是人类永远的神话。真难以想象，没了爱情，人类将何以为继？没了爱情这则神话，人类还有什么希望？真正的爱情从来都是非功利的，但遗憾的是，现实中的爱情总免不了诸多羁绊、阻碍和附加条件，政治的、经济的、文化的，社会历史的与个人心理的。人类发展到今天，政治、经济、文化等已经发生了翻天覆地的变化，但爱情的束缚并未因此而减少。外部的束缚和压力少了、小了，内部的束缚和压力却多了、大了。爱情已经成了现代人类污染和异化最严重的领域之一。电视剧中扮演杨玉环的女演员在接受记者采访时说："如果我是杨玉环，我也会离开唐明皇的儿子寿王而嫁给唐明皇的。"是的，寿王的权势和威严怎么能和他老子相比呢？做皇后当然是件不错的事情。公主已经比较高贵了，但如果在公主与皇后之间做一选择，我估计还是有女人会选择做皇后，虽然做皇后充满了危机和陷阱。历史上不乏这样的例子。隋文帝杨坚的女儿杨丽华本是北周宣帝的皇后,杨坚灭了北周后,封她为乐平公主,但她把公主的金印扔了,始终怀念着皇后的宝座,虽然当初她差一点被宣帝杀了,是她的母亲独孤氏将头磕出了血才把她从女婿手中救了下来。南吴皇太子杨琏的妃子,是稍后才当权的南唐皇帝徐知诰的女儿,徐知诰封她为永兴公主,但每当有人称她公主,她就痛哭流涕,坚持自己仍是太子妃。女人既然做不了皇帝,那最好的就是做皇帝的老婆了,夫贵妻荣,也很光彩和荣耀。依那位女演员的"才情与德知",她是理解不了李隆基与杨玉环的;与十几个世纪以前的杨玉环相比,那位漂亮的女明星的"情怀"实在是等而下之又等而下之了。李隆基转世为人,肯定再也不肯做那劳什子皇帝,估计也不会爱上那位聪明而有眼光的女明星(李隆基不做皇帝,女明星估计也就不会再爱他)。否则,人类恐怕真的要"此恨绵绵无绝期"了。

刘后的出身

所谓一人得道，鸡犬升天，所谓一荣俱荣，一衰俱衰，这是专制制度下的怪现象。一个女子如能贵为皇后，她的娘家人必然跟着沾光。但也有例外，五代时期后唐庄宗皇后刘金贵就是一例。刘金贵登上皇后高位之时，她的娘家只剩下她父亲一人。但她的父亲却没能沾上她一点光，非但没能父以女贵，反而是因女贵，父女不能相认，被女儿派人打出门去。因为她的父亲只是一个采药人，刘金贵出于政治的考虑，怕父亲低贱的出身影响了自己高贵的皇后地位，再也不肯和曾经患难与共的父亲相认了。

刘金贵出身寒微，魏州（今河北大名）成安人。父亲刘奎，以采摘贩卖中草药为生，自号为"刘山人"。刘金贵虽生在贫家，但活泼可爱，又是独女，因此颇得父母爱怜，小名唤作"妞妞"。五代十国是一个军阀分裂割据的时代，于此之时，"天下大乱，中国之祸，篡弑相寻"，"置君犹易吏，变国若传舍"（《新五代史》），皇帝像走马灯一样你方唱罢我登场。关键是百姓受难，每次皇帝的更换，都是血流成河。地方军阀相争为患，生灵涂炭。妞妞的母亲就死于兵乱，剩下父女俩相依为命。祸不单行，不久妞妞又被军阀之一的晋王李克派手下袁建丰掳走，当时她才六岁。可怜刘山人先失娇妻，再失爱女。但他当时若能预料到自己的女儿后来能成为皇后，心里肯定会怀着企盼，从而大大减轻与女儿生离死别的痛苦。

姐姐被掳至晋王府治晋阳（今山西太原），不久加入晋王妃曹氏的侍女群，被赐名"金贵"，并得以学习吹笙歌舞。到了李克用之子李存勖继王位，刘金贵已是一个亭亭玉立、色艺双全的少女。李存勖爱好音乐，深悦色艺俱佳的刘氏。知子莫如母，曹妃看出了儿子的心思，遂将刘氏作为礼物送与存勖。但因其出身不够高贵，刘氏的身份只是李存勖正室之一的韩国夫人的侍女。当时较重门第出身，李存勖的两位夫人，正妃韩氏、次妃伊氏，均出身官宦之家。但两位夫人都没能生出儿子。刘氏的出身虽然不明，但后来为存勖生下长子继岌。母以子贵，刘氏升入夫人的行列。

刘氏没有社会和家庭背景，因此要争得和保住自己的地位并不容易。李存勖常年征战在外，大幸降将之妻侯氏，并让其随军，时刻伺候在身边。刘氏虽因子升为夫人，但徒有其名。刘氏从小养在宫中,深得争宠的要领。她知道李存勖除喜爱音乐外,还喜欢戏曲,就暗暗在王府优伶中挑选了一些特别出色的,排演轻松活泼的短剧,训练歌手,演唱李存勖喜欢的歌曲和能鼓舞士气的军歌,伺机在他面前大显身手。这一招果然灵验,李存勖看戏听歌,非常高兴,且为刘氏的一番苦心所打动,刘氏母子及戏班子因此得以随军。刘氏以其心机和才艺获得李存勖专宠,地位逐渐稳固。

923年,李存勖在魏州称帝,仍用"唐"为国号,史称后唐庄宗。有了"皇"就得有"后",也就有了麻烦,后宫政治迅速酝酿发酵。庄宗对韩氏、伊氏两位正室夫人没什么感情,仍将她们留在晋阳。刘氏位列第三,常年随在庄宗身边,又生有皇长子,因此跃跃欲试,想登上皇后的宝座。但她前面两位正室夫人,出身都比她高贵出一大截,地位不易撼动。刘氏的出身成了她最大的心病,这也是她升至皇后之位的最大障碍。越是出身低微的人,往往越是对自己的出身敏感,刘氏的出身注定了要给她带来麻烦。

出身问题开始困扰人类，不知起于何时。关键是，出身这玩意儿是本人无法选择的，出生在帝王将相之家与出生在低微贫困的农家，出生在深宅大院与出生在破烂的农舍，没有任何本人努力的余地。想到贵贱贫富的差距，出身低贱将给其一生带来种种障碍，甚至是致命的局限，而自己只能束手于冥冥之中的天命，怎能不让人不寒而栗？但贵与贱也有错位的时候，比如"文革"时期，三代贫农，那是很高贵的出身了。相反，出身高门深院，那无疑是低贱的出身。出身贫农，根正苗红，入党提干，机会多多；而出身富农、地主、资本家的人就根本没戏。因此，为冒得一贫农出身，不知多少人费尽了心机，也不知多少人一生就栽在出身问题上。

对于刘氏来说，出身问题无疑是她心上永久的伤疤。现在，她很有可能登上皇后的高位，但万事俱备，只欠出身。真是哪壶不开提哪壶，正在刘氏为自己的皇后梦烦心、为她的出身担心的时候，宫门前来了一个衣衫褴褛的老汉：刘山人寻自己的女儿来了。在他的心目中，女儿的身份和尊贵的后唐庄宗夫人的身份孰轻孰重？失散多年的父女重逢，理应出现悲喜交加的场面。但刘氏（刘妞妞、刘金贵、刘夫人）并没有让这种场面出现，因为她既"悲"不起来，也"喜"不起来，她害怕、惊恐、气急败坏，她那块出身的伤疤正流脓流血。承认这位采药老汉就是她的父亲，证实了她的卑贱出身，皇后之位就要跟她"拜拜"了，她不能因父女"私情"将自己多年的心血和努力付之东流。结果是，刘氏不但没有认她曾经患难与共的父亲，为了表明自己的无辜，还命门卫给了她老爸二十军棍，然后撵走。刘氏被掳时六岁，当时想必是哭得撕心裂肺；但今非昔比，她有更重要的事情，管不了那么多了。

如果生在 20 世纪的六七十年代，刘氏肯定会以她的"高贵"出身而自豪。但在当时，刘氏不但没有出身自豪感，而且失去了"无产阶级本色"，背叛了自己的出身，连亲生父亲也不肯相认了。可见，根正未必苗红。

迁都洛阳后，刘氏如愿以偿，登上了皇后的宝座。从采药人家的女儿到高贵的皇后，这之间的相对高度是可观的。她六岁进宫，耳濡目染，在个人的许多方面实际上早已沾染上了宫廷习气，离采药人家的女儿远了，童年的淳朴记忆如今成为她心上永远抹不去的阴影。庄宗喜爱戏曲，大概对其皇后的故事有所耳闻。一日，竟突发奇想，决定自演一幕"刘山人寻女"，拿刘后取乐。于是装扮成采药老汉，牵着拿着破帽的继岌，来到刘后宫中，大喊刘后为"我儿"。刘后见老公、儿子取笑她，恼羞成怒，只好用打儿子屁股的办法来掩饰自己的慌乱和愤恨。

越是得不到的东西，就越宝贵。出身既然无法改变，那就要改变其他的，比如积累财富。对于出身贫苦的刘后来说，世界上最可贵的东西莫过于金钱了，而且，她如今有了发财的权势和途径。积聚财宝成了她最大的嗜好。谋得皇后之位后，她除了派宫监内使到宫外做生意赚取利润外，对四方献给朝廷的贡品，都一分为二，一半归皇帝，一半纳入中宫。作为皇后，她对别人几无赏赐，吝啬得很。加之她恃宠而骄，又喜欢擅权管事，逐渐暴露了她性格的另一面。她没读过什么书，以她的德才，只能帮庄宗的倒忙，加速后唐的灭亡。到叛军起，军费短缺，庄宗命刘后收集内府财帛，以弥补军费不足。国家危亡的紧急关头，作为国母的刘后竟仍然以金钱为重，只拿出了两个银盘和几件首饰，引起将领的极大不满，士气大丧。庄宗身中毒箭，生命垂危之际，刘后却弃之不顾，只忙着收拾她的金银财宝准备逃命。逃亡途中，庄宗尸骨未寒，她竟与庄宗之弟通奸。逃到晋阳，刘氏落发为尼，隐姓埋名，想守着她的一堆财宝安全度日。

后来即位的明宗知道了刘氏的劣行，派人去晋阳，迫令刘氏自杀。临死之前，关于自己的出身问题，不知刘氏有没有什么新的思考。刘氏没有认自己的生身父亲，客观上倒也使刘山人免受株连，否则，皇后被诛之日，国丈肯定也跑不了。不做那国丈也罢，还是离皇后等高贵的东西远一点好。深山老林之中，刘山人鹤发童颜，身手想必依然矫健。专制权力和专制意识，不会放过人性的任何领域，就是父母子女这最重要的人伦也惨遭它的毒手。刘山人与皇后女儿惨淡的情感状态，让人感慨唏嘘。

花蕊飘零

对于后妃们来说,最可怕、最悲惨的事莫过于做亡国奴。"君王城上竖降旗,妾在深宫那得知?十四万人齐解甲,宁无一个是男儿。"这首诗之所以流传甚广,就在于它抒发了亡国后妃那种既惋惜又愤慨的典型情绪。

这首诗的作者就是中国古代十大才女之一的花

蕊夫人。花蕊夫人姓徐，未留下名字记载。元朝陶宗仪在其《南村辍耕录》中说："蜀主孟昶纳徐匡璋女，拜贵妃。别号花蕊夫人。意花不足拟其色，似花蕊之翾轻也。"其后的《十国春秋·慧妃徐氏》也说："慧妃徐氏，青城人。幼有才色。父匡璋纳于后主，后主嬖之，拜贵妃，别号花蕊夫人，又升号慧妃。"或为某人之"女"，或为某某之"妃"之"夫人"，中国古代妇女自己的名字历来是不重要的，所以花蕊夫人的名字也就无法追究了。也正因为她的名字在她的历史中没有发挥多大的作用，我们今天也就没有必要多谈论它。但有一个人是无法忽略的，这就是孟昶，花蕊夫人的老公。不管女权主义者们是否同意，花蕊夫人的人生与命运确实与孟昶紧紧联系在一起，历史无法篡改。

五代十国，军阀混战、天下大乱。男人命运多舛，女人，特别是漂亮女人，其命必然薄之又薄。孟昶的父亲孟知祥就是一个野心勃勃的军阀，他于

934年在成都称帝，国号蜀，历史上称为后蜀。不久，孟知祥病死，第三子孟昶继位，年仅十六岁。孟昶曾是五代十国时期的有为君主，他这样批评前蜀主王衍："王衍浮薄，而好轻艳之词，朕不为也。"可见他是有政治抱负的。孟昶即位后，政治也确实比较开明，王衍腐败统治留下的混乱局面很快得到了改变。但不管如何，女人还是不能少。孟昶登位第六年，曾大选良家女子充实后宫，花蕊夫人就是这次大选中入宫的。

花蕊夫人一入宫，即以其出色的才思和容貌艳压后宫，深得孟昶的宠爱。孟昶也是个风流才子，二人情投意合，恩爱有加，达到了形影不离的地步。他们在摩诃池上避暑时，孟昶特意为花蕊夫人作《玉楼春》一首：

冰肌玉骨清无汗，水殿风来暗香满。
绣帘一点月窥人，欹枕钗横云鬓乱。
起来琼户启无声，时见疏星渡河汉。

屈指西风几时来，只恐流年暗中换。

此诗虽脱不了宫词的浮艳之气，但仍能见出花蕊夫人"冰肌玉骨清无汗"的风度，和孟昶对花蕊夫人的一片深情。也许是因为爱情的力量，在花蕊夫人的激励和帮助下，孟昶更加励精图治，做出了不少闻名于世的政绩。例如惩治贪官污吏，安定内部，颁布《劝农桑诏》，发展经济等。他还设立"匦"箱，广开言路，以通下情。孟昶曾手诏《官箴》，颁刻全国衙署。从宋至清的历代州县衙门，大多刻有："尔奉尔禄，民脂民膏。下民易虐，上天难欺！"这样四句话，而这四句话正出自孟昶的《官箴》，可见其影响之大。孟昶非常重视文化教育，曾将儒家《九经》刻在石头上，立于学宫，供抄写校对之用，后人称之为《孟蜀石经》。中国第一部词选《花间集》也是由他组织编选的。孟昶还创办了第一个中国画院，集中了五十多名画师，黄筌父子就是此时成为花鸟画大师的。他在音乐上也造诣颇高,现在在闽南流传的"南管音乐"(南音),据说就始出于孟昶。在孟昶统治的前期,蜀地政治、经济、文化都有了较大的发展,成了真正的"天府之国"。由此,孟昶身边的女人——花蕊夫人也颇得蜀人的好评。在封建社会,女人虽然不能为官从政,但她们却可以凭自己的女性魅力、用所谓爱情的力量去影响她们"为君"或"为臣"的男人,这也是封建社会女性在老百姓中赢得声誉的唯一途径。

但这种影响毕竟有限。在专制体制之下,爱情也常常是软弱无力的。

前期励精图治,政治清明;后期纵情享乐,荒于朝政:这已经是有为君主政治统治的铁的规律。前期,由于前车之鉴不远,加之内部和外部的种种压力,常常会有别开生面的气象;后期,随着社会的安定和经济的发展,皇帝在毫无监督的情况下,必然会助长奢靡之风,纵情享乐,疏于国事,最后的结果必然是亡国。在这个铁的规律面前,孟昶自然也不能例外。据说，孟昶特别偏爱芙蓉花，曾动用大量的人力物力，在成都城墙上下尽栽芙蓉。到了秋天，成都周围四十里，红芙蓉、白芙蓉、醉芙蓉、五色芙蓉一齐开放，花团锦簇，成都始成为"蓉城"。万花丛中，孟昶也渐渐消磨了自己的意志，奢侈淫靡之风渐起。据说孟昶的便器也用七宝装饰，可以想见当时后蜀宫中的奢靡。上梁不正下梁歪，达官贵人们群起效尤。史载："每春三月，夏四月，有游花院者、游锦浦者……贵门公子，华轩彩舫，游百花潭，穷奢极丽。诸王功臣以下，皆置林亭、异果、名花，其楼台皆此类也。"在这种风气之中，后蜀大厦必坏朽无疑。面对这种形势，花蕊夫人恐怕也只能暗自着急，最多也只是规劝规劝而已。而且得小心翼翼，注意场合，讲究方式方法，因为她的命运生死也完全掌握在孟昶手中。但规劝从来都是起不了多大作用的，一个女人的规劝能改变得了一个国家的航向吗？三权分立都杜绝不了腐败，何况一个后宫红颜的劝说呢？她们只能被动地接受命运的安排了。

965年（后蜀广政二十八年，北宋乾德三年），赵匡胤派兵攻蜀；后蜀一触即溃，孟昶奉表投降，被宋军挟持，南下经长江出三峡赴汴京。作为亡国后妃的花蕊夫人，却是被单独押解，北走剑门，经关中入汴京，此足可见赵匡胤的别有用心。花蕊夫人美艳惊人，早已名播四方，赵匡胤哪会放过。剑门道中，花蕊夫人在葭萌驿的墙壁上题了一首《采桑子》：

> 初离蜀道心将碎，
> 离恨绵绵。
> 春日如年，
> 马上时时闻杜鹃。

国破山河在，恨别鸟惊心，又即将远离国土（很可能是永别），杜鹃声里，怎么能不揪心地痛？据说，花蕊夫人刚写完《采桑子》的这上半阕，就被宋军催逼上路。一个娇宠的贵妃现在连完整地做首诗都不可能了。传说后来有人为她续上了下半阕：

三千宫女皆花貌，
妾最婵娟。
此去朝天，
只恐君王宠爱偏。

此下阕显然续不上上阕的情绪，有捉弄人的意思。明代杨慎《升庵词品》就说，花蕊夫人"蜀亡入汴，书葭萌驿壁云……书未毕，为军骑催行。后人续之云……续之者不惟虚空架桥，而词之鄙，亦狗尾续貂矣"。但它也确从一个方面昭示了花蕊夫人的"前途"：一个貌美如花的亡国后妃被单独挟持去京城，除了充备战胜者的后宫，继续争媚邀宠外，还能有其他什么出路吗？到达汴京后，孟昶无缘无故地死去；花蕊夫人被迫入侍宋宫，很受赵匡胤的宠爱。但她心中仍念念不忘孟昶，为寄托感情，她亲手绘制孟昶像，供于室中。一次恰巧被赵匡胤发现，她谎称"此乃张仙，每日祈祷可以得子"才掩饰过去。民俗所说张仙送子便由此而来。后人有诗咏花蕊夫人此事："供灵诡说是张仙，如此牵情也可怜。千古艰难惟一死，桃花移赠旧诗篇。"国破家亡，转眼间改事二主，花蕊夫人心灵上的创伤不是赵匡胤居高临下的宠爱所能抚慰的。宫夜漫长，漏声滴滴，回忆起故时蜀宫中的繁华与幸福的情景，她也只能强吞悲声。她还能在心中默诵往日所写的首首宫词吗？徒增悲凉罢了。

花蕊夫人被称为宫词的主要代表诗人之一，因为她开创了"宫内人写宫内事"和"女性写女性"的宫词新声，改变了"外臣写内事"和由男人一味揣摩女人的宫词格局。据说花蕊夫人写有宫词百首，以真情、真感、真事，较全面地反映了蜀宫生活，写宫情、宫景、宫人，无不生动真切。前蜀的王建曾被认为是宫词的开创者，《苕溪渔隐丛话》

将其与花蕊夫人的宫词比较，说"纪事虽异，造语颇同。第花蕊词更工，建所不及！"可见花蕊宫词的成就。

但是，现在一般人已经不知道那些宫词了，人们记得的还是那首《述国亡诗》：

君王城上竖降旗，妾在深宫那得知？
十四万人齐解甲，宁无一个是男儿。

《后山诗话》曾记录了花蕊夫人作此诗的经过："国亡，入备（宋）后宫。（宋）太祖闻之，召使陈诗。诵其《国亡诗》云：'君王城上竖降旗，妾在深宫那得知？十四万人齐解甲，宁无一个是男儿。'太祖悦。盖蜀兵十四万，而王师数万尔。"此诗之所以成为千古绝唱，就在于它表现了亡国后妃的复杂心绪，反映了后妃无法把握自己，像花蕊一样飘摇零落的命运，给了后人以审美的震撼。"最可怜花蕊飘零，早埋了春闺宝镜"，国破家亡的感觉，后妃们大概体验得最为深切；后妃们的这种亡国情绪，也比帝王的亡国之情更能打动人心。

花蕊夫人因旧情不忘，最终还是被赵匡胤赐死。专制制度之下，花蕊终究避免不了其飘零命运。康熙二十五年，灌县知县黄俞凭吊花蕊夫人雕像时，曾作《花蕊夫人宅》一首：

歌舞当年进蜀王，应怜遗址牧牛羊。
茸茸细草堆芳径，漠漠寒烟覆短墙。
城上降旗千载泪，宫中题恨满帘霜。
英雄多少荒烟土，不及夫人姓字香。

飘零花蕊之"香"，让人心痛。

贤内助

"贤内助"这个词,估计女权主义者们不会喜欢。所谓"女权",就是张扬女性,与男性平分秋色——多分一点秋色当然更好,因为男性"多吃多占"的时间够长了,这样也可以扯平。甘心做贤内助,甘心做男人的配角的女人,就是女权主义的反角。其实,任何一层关系中总会有主次之分,女人或男人做配角都不是什么可耻的事。关键是配角做得如何，这配角的作用是否得到别人的承认。封建礼教规定女人只能做配角是对女性的压抑，但不能说女人就不能充当配角。男人和女人都可以成为主角，也都可以做配角，充分发挥各自的作用。所谓"军功章有你的一半，也有我的一半"，主次已不明显了。事实上，历史上每个成功的帝王背后总有一位贤惠的后妃，正像我们现在说，每个成功的男人背后总有一个女人一样。明代开国皇帝朱元璋是一个很有作为的封建皇帝，他的政治业绩相当程度上得力于他的贤内助马皇后。

朱元璋与马氏是中国历史上出身低微的帝后。马氏（1332—1382年）的父母都是贫民，母早亡，她与父亲马公相依为命。马公后来犯事，将女儿托付给了好友——农民起义领袖郭子兴，使其受到了良好的教育。历代统治者说，"女子无才便是德"。事实上，历代能在历史上起正面作用的后妃都曾饱读诗书；而"失德"的后妃基本上都是没读过多少书的"草肚子",如晋惠帝皇后贾南风、唐中宗韦皇后等。朱元璋出身更加低贱,曾经做过地主的牧童、寺庙的和尚。后来连和尚也做不好,被逼无奈才投奔了郭子兴的起义军。因作战勇敢,郭子兴对他非常赏识,遂将义女马氏许配给他。得马氏为妻,朱元璋从此受惠颇多,这是朱元璋一生的造化和福分。马氏既是他生活上的伴侣,也是他文化学习方面的老师;既是他的政治顾问,也是给作为皇帝的朱元璋进谏忠言的谏臣——虽然只能以"枕边风"的形式。

中国历史典籍对后妃的记载,当然是侧重于她们为妻、为母的角色意义,而对她们与丈夫,也就是皇帝之间的男女情感却绝少记述,这也是与封建妇女观、封建后妃制度一脉相承的。因此,如今已无法引经据典来论述马氏与朱元璋的爱情质量。但从二人其他方面的关系来看,他们之间应有着较深厚的爱情基础。

马氏与朱元璋称得上是真正的患难夫妻。朱元璋承继的家业就是马氏义父郭子兴的。郭子兴生性多疑，喜怒无常，朱元璋差点被他杀掉，多亏马氏从中斡旋，朱元璋才捡了一条命。朱元璋被关禁闭时，是马氏每天偷偷地给他送饭。朱元璋没有读过书，他后来肚子里那点墨水是在马氏的督促下灌进去的。朱元璋有流传下来的打油诗《咏菊花》："百花发时我不发，我若发时都吓杀。要与西风战一场，遍身穿就黄金甲。"此诗颇有帝王的悍拔之气，但这里的几个笔画较繁的字肯定是马氏在戎马倥偬之中手把手教他的。朱元璋在前线作战，马氏就率领军属在后方做军鞋、制军服、备军粮，多次带领后方人员化险为夷，免除了前方将士的后顾之忧。一次，朱元璋身负重伤，后有追兵，是大脚的马氏背着他东躲西藏才逃过此难。朱元璋是个粗人，是马氏教给他不枉杀，安抚天下百姓以使天下归心的道理。马氏还建议他留心吸纳贤才，使朱元璋得徐达、常遇春等干将，刘基、宋濂等谋臣，为后来夺取天下打下了人才基础。马氏所做的一切可能也就是"爱情力量"的题中应有之义吧。在专制制度下,"枕边风"的力量是无穷的,她可以亡国,也可以兴国。

皇朝后妃制度规定皇后的职责是协助皇帝施行教化,规定女人只能做什么,这是礼教对女性的压抑。但是,在封建制度下,皇后确实可以起到帮助皇帝施行教化的作用,而且,她的作用他人无法代替。在这方面,马氏尤其突出。朱元璋没受过什么教育,粗鲁嗜杀,要做他的"内助"并不容易,做他的内助而"贤"更难。这恐怕就要看所谓的"爱情的力量"和"因材施教"的方式方法了。好在朱元璋"被爱"的能力尚可,常常能从马氏之"善""如流"。这倒不只是因为他与马氏是患难夫妻,更主要的是,马氏的人格力量征服了朱元璋这个"草寇",他对马氏既有着感激之情,更有着深深的敬爱之情。朱元璋建国后的第一件事就是立马氏为皇后。当时,朱元璋很动感情地说了这样一段话:皇后真是一位贤后。所谓家之良妻,如国之有良相,她对朕的帮助，朕是不会忘记的。

人经过患难登上高位之后，一般有两种情况：一种是为过去所受的苦难不平，要把失去的损失夺回来，把两天的欢乐放到一天来享受，与家人朋友能"共苦"，不能"同甘"，历代后妃中唐中宗韦后、后唐庄宗刘后是这方面的代表；另一种情况是，更加珍惜富贵来之不易，并且感同身受，更加体察下情，马氏是这方面的例子。马氏被立为皇后之后也曾对朱元璋说过这样一段话：你今贵为天子，仍能贵不相忘，我当然很欣慰。只是我有一心愿。要知道夫妻相保比较容易，君臣相保则甚难。你既不忘妾身于贫贱，愿无忘君臣百姓于艰难。你要以尧舜为法，做一个至公无私、仁德爱民的君主。艰苦共尝，贵为皇后，能以己推及群臣百姓，已是最高的境界了。马氏被立为皇后时已三十八岁，能赢得朱元璋的敬爱，只是"以色事君"恐怕是不能奏效的。

马氏为了让朱元璋做个仁政爱民的君主，总是利用一切可能的机会，将一些具有深远意义的道理，不露痕迹地传输给他。因为朱元璋既已是真命天子，马氏对他说话就不能太随便，要注意场合，注意方式方法。良药苦口，马氏要像喂小孩吃药一样，将药裹在糖中或拌以美味的饭菜哄着朱元璋吃下去，不能让他知道，也不能让别人看见，否则他会耍蛮撒野。如马氏救沈万三、救宋濂都是著名的例子。

马氏还注意从生活的细小方面关心大臣百姓，以弥补朱元璋留下的不足。她曾亲尝为上朝百官准备的饭菜，也曾亲自关心太学生家属的口粮。虽然这都是些"婆婆妈妈"的事，但正是这些小事体现了马氏的"国母"风范。马氏做了皇后之后，仍然像过去一样亲自照顾太祖的饮食，怕的是其他人做饭不洁或不合朱元璋的口味，太祖发怒，使手下人遭殃。马氏用心可谓良苦，伺候朱元璋这位皇帝老公，也真难为了马氏。马氏正位中宫后，并不以皇后之尊尽享富贵，而是自奉俭约，待诸姬以礼，遇姬侍有孕者，特加照顾，受到上下一致敬爱。

洪武十五年，马皇后身心交瘁，病情日益严重。为了防止医生治不好她的病遭朱元璋杀害，马氏拒绝求医。临终之前，她还殷殷嘱托朱元璋："愿陛下求贤纳谏，慎终如始，子孙皆贤，臣民得所而已。"马氏临死还念念不忘臣民的幸福和后代的教育，称得上是一个母仪天下的贤后。马氏死后，朱元璋伤恸不已，并不再立后。这是草莽英雄表达爱情的质朴方式。生前身后都能赢得这位明太祖的敬爱，没有大贤大德恐怕是办不到的。宫中的女御职官，怀念马后的仁慈贤德，作了一首《追思歌》：

我后圣慈，化行家邦。抚我育我，怀德难忘！
怀德难忘，于千万年。彼下泉，悠悠苍天。

朱元璋晚年动辄杀人，没有人能指责规劝他。传说太子朱标一次说了他几句，朱元璋勃然大怒，竟拿起御座旁的弓箭要射杀太子。朱标拔腿就跑，朱元璋在后面紧追不放。情急之中，朱标从怀里拿出一幅图丢在地上。朱元璋捡起一看，上面画的是马皇后背着负伤的自己逃避追兵。朱元璋触"图"伤情，大为悲痛，于是父子俩相抱哭成一团。这情景也是感人的，其中亦可见马氏对朱元璋的影响和在他心中的地位。

马氏是正史所宣传的正面皇后形象，在当时的政治体制之下，确起到了他人无法起到的作用。不只是朱元璋及其家属受惠于她，朱元璋统治下的臣民也大大受惠于她，她是处在特殊地位的"贤妻良母"。虽然说，"贤内助""贤妻良母"在女权主义那里几乎是贬义词，但女人做"贤内助""贤妻良母"并非一定有错，难道要女人们做不爱自己丈夫、子女的悍妇、泼妇不成？那样是不是就张扬了女性的人格个性？女人不一定非做"贤内助""贤妻良母"不可，但不是说女人就不能做"贤内助""贤妻良母"。一些所谓现代女性是以做贤妻良母为耻的，可是在她们中的一些人那里，"女权"已经成了她们自私自利的幌子。红花绿叶，不管女人男人，都不应该以做"贤内助"为耻。虽然，受几千年的男女观念的影响，做"贤内助"的男人还不多，但"贤内助"并不因此就成了贬义词。

"杀妇成仁"

历代后宫最酷烈的一幕发生在明代崇祯皇帝的后宫中。其时,李自成的大军即将攻入紫禁城,金銮殿的御座将被别人坐在屁股之下,美女如云的后宫也将成为另一个男人的天下,这种巨大的心理落差也只有崇祯本人才能体会。崇祯正因为这种切身的体会和巨大的心理落差,精神可能有点失常了,钱士馨的《甲申传信录》是这样记载的：

> 一鼓，遣内监密敕新乐侯刘文炳、驸马巩永固，各带家丁护送出城南迁。刘、巩疾至内殿见上，曰："法令素严，臣等何敢私蓄家丁？即率家人数百，何足以当贼锋？"上颔之，又召首辅魏藻德言事，语密不得闻。久之，上顾事急，将出宫，分遣太子二王（太子及两个弟弟：定王朱慈炯、永王朱慈焕——引者注）出匿。进酒，酌数杯，语周皇后曰："大事去矣！尔宜死！"袁妃遽起走，上收剑追之，曰："尔也宜死！"刃及肩，未仆；再刃，仆焉，目尚未瞑。皇后急返坤宁宫，自缢。上巡寿宁宫，长公主年十五，上目怒之，曰："胡为生我家？"欲刃之，手不能举。良久，忽挥剑断公主右臂而仆，并刃坤仪公主于昭仁殿。而遣宫人讽懿安皇太后及皇太妃李氏并宜自缢。上自仗剑至坤宁宫，见皇后已绝，呼曰："死的好！"遂召提督京城

内外太监王承恩至前，语良久，朱谕内阁："命成国公朱纯臣总督内外诸军务，以辅东宫，并放诸狱囚。"事具成国公语中。因命酒与承恩对酌……

计六奇的《明季北略》对此事的记载与上面这段记述大同小异，只不过在他笔下，崇祯稍微显得理智一点罢了。据《明季北略》记载，周皇后被迫自缢前，对崇祯"顿首"说："妾事陛下十有八年，卒不听一语！"后回到自己宫中自缢而死。崇祯看到皇后的尸体，连说："好！好！"后又特地将十五岁的长公主召来，说："汝奈何生我家！"遂"左袖掩面，右手挥刀，公主以手格，断左臂"。崇祯巡至西宫，令袁贵妃自缢，但绳子断了，袁妃又苏醒过来。崇祯见袁妃未死，连刺了她三剑，手栗而止。崇祯继续召来其他几位妃嫔，亲手杀死，并请其母张太后自缢。

两书的记载虽然有些出入，但有一点是共同

的：崇祯是把杀掉后宫女性当作丧国前的一件大事来做的，他不能让后宫中的女性落到敌人手里，因此后宫中的三代女人，包括他的母亲、后妃、女儿，均未能幸免。如果不杀掉她们，崇祯死不瞑目，崇祯之举履行的是"杀妇成仁"的义务。

这都是妇女贞节观念在作怪。纵观历史，越是经济繁荣、国势强盛的时代，贞节观念越相对淡漠，如汉、唐和各朝的前期；如果社会不景气，贞节观念无疑会得到加强。特别是到了战乱年代，女性的"贞操带"便会勒得更紧。群雄割据，外族侵略，农民战争，妇女总是在"兵刃既接"之后，或被杀死，或被活捉受辱，或被掳为奴婢，"马边悬男头，马后载妇女"（蔡琰《悲愤诗》）就是这种状况的写照。勉强逃过劫难的女性当然要守贞。后来，每逢乱世，士大夫阶层一看到风吹草动，便令妻妾女儿们提前殉节，因此一门往往数烈。南宋、明中叶至清都是国势衰微、内忧外患并至而又世风极坏的时代，醉生梦死、苟且偷安与极端讲究妇女贞操并存，似乎妇女贞节，臣子也就效忠君国，名教纲常就有所维系，也就可以"修齐治平"了。古语云："衰门之女，兴门之男"，门祚衰微多出贞烈女子，家国不振必然就苛求女性。清代诗人赵翼指出："衰世尚名义，作事多矫激。"鲁迅也深刻地指出："天下太平或还能苟安时候，所谓男子者俨然地教贞顺，说幽娴，'内言不出于阃'，'男女授受不亲'……但是天下弄得鼎沸，暴力袭来了……曰：做烈妇呀！宋以来，对付妇女的方法，只有这一个……"（《坟·坚壁清野主义》）"贞"的道德主要是适应父系中心家庭，是继嗣血统纯正和男子占有欲的需要。女性既是配角，家国衰微自然主要是男性的衰微，男性衰微了，女人当然也就没有好日子过了。

明代社会风气污浊淫糜，"道学"自身的虚伪造成了时代的精神危机和道德崩溃，世俗的纵欲主义和"心学"的"泛滥"更是召唤出一个人欲横流的世界。但另一方面，贞节的要求却更加严酷：这也是末代衰世的重要特征之一。历代史书中,《明史》记载的贞烈女子人数最多、贞烈门类最齐全、贞烈理论最完备,其中的贞烈女子守节死烈也最为惨酷。清人撰《明史·烈女传》时,征集贞烈女子"不下万人",成书时,最突出的还有三百零八人。明代的贞节也不仅限于寡妇不嫁、处女守贞,而定要"守得苦""死得烈",女子节烈得越惨越苦,本人和家庭就越光荣。贞节的种类也日益繁富:未婚女子有"贞女""烈女"之分,已婚的有"贞妇""烈妇""节妇"之别,还有"义妇""义妾""义姑"等等名目。节烈的档次也有高下之分。《明史》载,王烈妇的丈夫死了,她的父亲前来吊唁,对女儿说:"无过哀。事有三等……其一从夫地下为烈,次则冰霜以事翁姑为节,三则恒人事也。"女子为烈当然要从"高",因此死烈的女子也就必然地多起来。"烈妇"也有高下之分:其一,丈夫死随之殉烈;其二,丈夫不肖,妻殉死节烈;其三,丈夫未死,妇先殉烈。如果丈夫病危,妻子提前在丈夫面前自杀，好让丈夫死而瞑目。动乱年代，夫令妻妾先殉的很多。明初潘元绍与朱元璋作战前，令七个年轻的妾自刎，七人因此同时殉夫。但潘元绍后来却投降了朱元璋，继续做官，继续讨妾，那殉夫的七个妾想必还在阴间苦苦地等着他。

明末清初，社会大动乱，贞节观念更是达到了宗教化的程度，自己的妻女失节与丢官一样重要，所以兵戎未至，往往令妻女先殉。李自成农民军未至京城，宛平县就有一家九女一齐自缢。如今，李自成的大军即将攻入皇城，崇祯当然不放心让他后宫中的女人死在他后面。

一些史家认为，崇祯当时受刺激精神已出了问题，言谈举止已经失态。但我觉得他当时的言行是正常的，完全符合封建礼教的那一套，轻重缓急他还分得比较清楚。男人是社会的主宰，不管世事如何变幻，形势多么严酷，能留下的都会留下来，像勾践那样"卧薪尝胆"也好，像阿斗那样"乐不思蜀"也好。因此，虽然城破在即，崇祯没有忘了"密敕"新乐侯刘文炳、驸马巩永固南迁，召首辅魏藻德"言事"，"语密不得闻"，想必是军国大事。想到自己的儿子——皇位世袭，那是明朝的希望所在——崇祯更是"顾事急"，于是马上分遣"太子二王出匿"，即便自己遭遇不测，有太子在，将来还有东山再起的时候。处理好了这些事情，崇祯坐下来小酌几杯，以转移一下自己的注意力，缓解一下紧张的神经。

现在，他仍面临一件大事：如何处置后宫一群女人，其中有他母亲辈的张太后、李太妃等，有他的后妃周皇后、袁贵妃等，有他的女儿长公主，等等。长辈他不好亲自动手，也不好命令她们自尽，于是命人"讽劝"其自缢。皇后虽然极尽尊贵，但对于他来说毕竟处于从属地位，他可以这样命令："大事去矣，尔宜死！"不容商量，不管她哀怨的请求，女人的天职就是柔顺与服从。至于袁贵妃等，他完全可以亲自动手，"未仆，再刃"，连刺三剑，直到手栗为止，到了杀之而后快的地步。公主毕竟是自己的女儿，父女情深，崇祯有点儿下不了手了，但饿死事小失节事大，最终他还是不得不下了手，"胡为生我家？"一句说尽了他心中的无限悲凉。由上可见，崇祯的举动虽然有些疯狂，但并没有乱了方寸，他只不过是把所有的国仇家恨都倾泻在女人身上，这些已经无助于繁华、完全成为累赘的女人。宫女魏氏为了免皇上动手，对一群宫人大叫道："我辈必遭贼辱，有志者早为计！"并率先跳进御河自尽，一二百名宫人相随投河，一时裙带乱舞，御河成了群芳冢。站在煤山脚下的崇祯，目睹了这一幕惨剧。然后，他向煤山上一棵树走去。

杀妇成仁，万寿山的歪脖子树上，崇祯死可以瞑目了——那些后妃宫人也死而瞑目了吗？

进入崇祯后宫的李自成，看到或横陈或垂挂或漂浮的美人尸体，不知他作何想法。

童妃案

关于后宫，对于南明小朝廷来说，最大、最具舆论效应的事件莫过于童妃案了。

李自成进京，明朝的前殿后宫都乱了套。崇祯缢死煤山后，太子王爵、后妃美人死的死逃的逃，其中不少不知所终，下落不明，甚或真假难辨。南明偏安江南，虽有史可法等忠义之士坚决抵抗清军南下，但由于种种矛盾牵扯，处于岌岌可危的状态，有一点风吹草动，往往都会引起连锁反应。南明的西北防线被拱手让给清军后，史可法努力筹划东部防线，正是特别需要朝廷援助的时候，南明政权内部却因童妃案发生了一场严重的政治军事危机。

这个自称是福王世子（其时已是南明的弘光皇帝）前妃的流亡者是河南北部明军控制区的巡抚陈潜夫发现的。这位童氏说她曾与福王世子生过一个儿子，后来因为北方农民起义失散了。据计六奇《明季南略》记载，福王世子在继承父亲的王位之前，曾有过黄姓和李姓两位妃子，但都死掉了。童氏说，她妈妈曾卖过一些女人用的小物件给福王世子父亲的宫女，她因此有机会跟妈妈进宫，并与年轻的福王世子发生了性关系。是自愿还是被迫，就不知道了，因为王爷们是"爱"人没商量的，根本不存在强奸一说；况且，那时的相当一部分女人恐怕也是以与王爷们上床为荣的。据说童氏后来为他生了一个儿子。因此，现在她要求做弘光皇帝的合法妻子也情有可原，虽然她当时与福王世子并没有夫妻名分。

当童妃来到南京时，弘光皇帝却面无喜色，不但没有召见她，反而将她移交给了锦衣卫进行审讯。童妃向审问者详细叙述了她入福王世子宫殿的过程，以及在北京爆发起义后他们失散的经过，并提供了很多细节。因此，很多人，包括马士英在内的许多南明高级官员都相信这位童氏确为福王世子的"前妃"，没有一个正常的人会假冒皇帝的"妃子"，因为皇帝本人可以准确无误地判断她的身份。但弘光看了审讯者呈上的奏本后，脸色陡变，将审讯记录掷于地上，骂童妃是"妖妇"，并立即下令对童妃进行"严讯"。后来，这位童妃备受酷刑，血肉模糊，惨不忍睹，还流产了。她精神失常后，被扔进牢里，三天后就死了。

这位童妃在到达南京之前，曾有过倨傲的表现。据计六奇的《明季南略》记载，明将刘良佐得知童妃在世的消息后，曾派自己的妻子去接她。童氏告诉刘太太，她十九年前做了宫女，生了一个叫金歌的男孩，现住在一个叫宁家庄的地方，刘良佐夫妻因此对她深信不疑。童妃觉得自己就要成为皇后了，便趾高气昂起来。在她来南京的途中，官员们皆待之以皇室礼。如果饭菜不够好，或有其他照顾不周的地方，她便大发雷霆，甚至掀翻桌子。国难当头，在还没有确立自己皇后或皇妃地位的情况下，童氏就大发皇后之威，可见皇权思想对她的毒害之深。虽然童氏有过前面这些表现，但她后来不明不白地死于狱中，还是让人同情的。她无疑也是皇权专制制度的受害者。

童妃案引发南明政权深层的政治军事危机，这大概是包括弘光皇帝在内的很多人没能想到的。这与现代社会的总统因风流韵事引发的信任危机不同，因为专制时代的皇帝在男女问题上根本就谈不上"风流韵事"，他们怎样做都是正常的。童妃案在自己的轨道上给了南明政权以沉重的打击。童妃案直接导致了两个严重的后果。一是弘光皇帝本人的合法性发生了严重危机,因为绝大多数人都相信童氏确是福王世子的前妃,弘光皇帝拒绝让她返宫是他自身的问题。据说,福王世子当初到马士英的军营中自我介绍时,只用了一个王侯的印玺来证明自己的身份。因此人们就猜想现在的弘光皇帝是福王世子的假冒者,是他在混乱之中得到了印玺,来南京冒险登了皇位。他之所以不与童氏相认,是怕童氏看出他是假的福王世子。这就给南京政权带来了重大的信任危机,因为当时的臣民不管其他,他们只臣服于朱家的真龙天子。童妃案带来的第二个严重后果,是使权力斗争又有了新的借口和工具,马士英以陈潜夫参与童妃案为由,将陈潜夫投进了监狱,并在陈潜夫的地盘上安插自己的亲信,致使军心涣散,军事力量大大削弱。

女人历来被封建士大夫们瞧不起,但一个小小的童妃竟引起了一连串的反应。这也是危机重重的专制社会的普遍规律:一点小小的震动都会引起整个大厦的倾塌。但封建卫道士们历来蛮不讲理，习惯于从女人身上找原因，分析童妃案，"女人是祸水"的话恐怕又要出口了。

母性的胜利

读清初皇太极至康熙朝的历史,我总感到一位女性的无处不在,准确地讲,是母性的无处不在。

这位女性就是孝庄文皇后。孝庄姓博尔济吉特氏,蒙古科尔沁贝勒寨桑之女。天命十年（1625年）二月初二,嫁给英明汗努尔哈赤第八子皇太极为侧福晋,时年仅十三岁。崇德元年（1636年）,

皇太极称帝，她被封为福宫庄妃。其子福临（顺治帝）即位后，尊为皇太后。其孙玄烨（康熙帝）嗣位，尊为太皇太后。由于她是太宗皇太极的妃子，谥号孝庄，又因她的儿子和孙子都做了皇帝，史称"孝庄文皇后"。

孝庄一生际会三帝，其夫、其子、其孙均是颇有作为的皇帝，而他们的功绩都与她有密切的关系。她辅佐皇太极，扶助顺治，教导康熙，在战火、情海和政治纷争中度过了不平凡的一生，成就了一位女性、一位母亲的辉煌业绩。她犹如清初政治舞台潜在的底座，起到了包容、平衡和稳固的作用。这底座是母性的，高贵威严而又慈蔼可亲，美丽温柔而又端庄练达。母性的力量统摄一切，无处不在。

孝庄长得娇美妩媚，被誉为"东方第一美人"，且聪明灵活，宽厚谦和，深得太宗皇太极的喜爱。他们的结合虽是政治联姻的结果，但夫唱妇随，在战火中结下了深厚的感情。孝庄的才能在皇太极时期就已显露,《清圣祖实录》说她"赞助内政,越既有年"。据说她随皇太极出征,能屈尊为将士裹伤,表现大方,颇为机智,深得将士敬爱。在等级森严、男女大防的年代,孝庄能这样做,足见其胸襟和气度。受过孝庄护理的将士,恐怕终身也不会忘记她轻微的鼻息和手指的温柔触摸,孝庄美丽而高贵的面容将永远留在他们的心里。现代民主社会的总统竞选时,左右总不离其夫人,但这往往只是个形式。皇太极登基时,御座旁没有孝庄的身影,但在皇太极的身后,却隐约可见孝庄神秘而美丽的笑容。孝庄对其夫皇太极的支持是女性的,在女不干政的封建社会,潜在的女性力量在一定的范围之内,也许更有威力,少破坏性,因而更具美感。

皇太极暴疾而亡,孝庄少年守寡,痛不欲生,愿以身殉。后被人以子女年幼要人抚养为由劝阻。皇太极临死前未及册立继承人,因而死后诸王兄弟相争为患,宫廷斗争异常激烈。夫先死,子尚幼,作为先帝遗孀,作为一位母亲,孝庄表现出超常的胸襟卓识、冷静隐忍和牺牲精神。诸王中最有实力竞争皇位的是皇太极的弟弟多尔衮和皇太极的长子豪格（皇太极正宫所生）。多尔衮拥兵自重，不可一世；豪格以长王自居，享有继承皇位的天然优势。二者势不两立，几酿成大乱。孝庄从清朝江山的大局出发，曲以周旋，争得多尔衮支持，同意让自己六岁的儿子福临即位，为顺治帝。多尔衮为摄政王，主理朝政，并乘机入关，击走李自成，进驻北京明宫殿，明众官以"万岁"呼之。因此，时人只知有摄政王多尔衮，而不知有顺治帝福临。一边是深怀野心、大权独揽、虎视眈眈的多尔衮，一边是自己年幼的儿子，孝庄当时的处境可想而知。

多尔衮爱慕嫂子孝庄的美艳和智慧已久。为了稳住多尔衮，孝庄只好委曲求全，任凭其出入宫禁，与嫂侄居处，如家人父子。后来，孝庄毅然下嫁给小叔子，有效地抑制了多尔衮的篡位野心。张煌言作《满洲宫词》咏此事：

> 上寿称为合卺樽，慈宁宫里烂盈门；
> 春官昨进新仪注，大礼恭逢太后婚。

孝庄下嫁之前，其子顺治曾颁发了一篇皇帝的文告，宣示天下：

> 太后盛年寡居，春花秋月，悄然不怡。朕贵为天子，以天下养，乃仅能养口体，而不能养志。使圣母以丧偶之故，日在愁烦抑郁之中，其何教天下之孝？皇叔摄政王现在鳏居，其身分容貌，皆为中国第一等人。太后颇愿纡尊下嫁，朕仰体慈衷，敬谨遵行。一应礼典，着所司预备。

从上面的诗和文告中，我们不仅看到了下嫁的太后，更看到了一位强作欢颜的母亲。深宫斜阳，或是宫漏夜长，远处传来知更太监击敲铜牙板的更声，孝庄只能暗自垂泪。但此时的孝庄已不是那位情感冲动、寻死觅活的新寡情人，而是一位处惊不变的母亲。母性的孝庄一如平静的大海，喜怒哀乐已深深藏入海底，各种矛盾到了她这里，犹如飓风进了原始森林，很快敛迹销声。

年幼的顺治能体会慈母的万般心思吗？

在传统皇权社会，色相和肉体可以说是女人最后的资本，孝庄已不是第一次动用。早在1641年，她在劝降明朝蓟辽总督洪承畴时就用过美人计。崇德六年，皇太极曾被洪承畴打得大败，因此深知洪之才略。崇德七年（1642年）二月，锦州之战，皇太极断明军饷道，洪承畴战败被俘。洪以知兵善战闻名，且熟稔中原形势与文化。皇太极要统一中国，自然非常需要这样的人才，因此一心想让洪归顺清廷。但派了许多能言善辩的大臣去劝降，均告无效；又派了几个美女去侍候，也全无效果。洪不吃不喝，大骂清廷不绝，表示誓做明朝忠魂，只求速死。对此，皇太极一筹莫展。孝庄默默看着此事的发展，最后征得皇太极同意，决定由她亲自去劝降。她扮成一位汉族女人，更加清丽端庄，美丽动人。洪承畴见之如沐春风，心情为之一爽。她先给洪承畴喂下一碗参汤，又慢声细语地问起他家中的妻儿。看着身边的美人，思念起自己家中的妻子儿女，洪承畴最终放弃了为明朝殉节的念头，归顺了清廷。洪后来为清王朝建立全国政权屡建大功，而这首先应归功于才色双全的孝庄。

后世对孝庄下嫁多尔衮以及她对洪承畴施用美人计颇有微词，连她儿子顺治也羞于提及。上文所引顺治帝关于孝庄文皇后下嫁多尔衮的文告载于《顺治实录》，到了乾隆朝，纪昀老夫子认为这篇文字实在是大清的一件丑事，曾奏请乾隆帝将其删去。好女不嫁二夫，在礼教盛行的年代，在华夏大地建起一座座烈女庙和贞节牌坊的清代，为了丈夫和儿子，为了大清江山的稳定，孝庄牺牲了作为一个女人比生命更宝贵的名誉，承受着心灵与肉体的双重折磨，甚至是儿子对她的误解，其所作所为正体现了母性的坚韧和博大，让人心动心颤不已。而这竟被视为丑事，实在不公。好在母性并不计较这些。几乎人人都受到过母性的滋养，可又有几人报答了多少？母性就是不求报答，亦不求理解，它与政党之争、历史评价、道德裁决无关。

顺治七年（1650年），多尔衮染病死于军中，孝庄辅佐十三岁的顺治帝亲政。多尔衮死后，孝庄一直紧紧依靠两黄旗大臣索尼等，同时还通过提拔多尔衮近臣苏克萨哈、詹岱为议政大臣，笼络追随多尔衮的离心力量，任用济尔哈朗继续辅佐福临，保持政权的稳定，可见她应付军国大事自信裕如的能力。为了尽快统一中国，孝庄十分重视团结汉族将领。顺治十年（1653年），她打破清廷惯例，将平南王孔有德的女儿孔四贞"育之宫中，赐白金万，岁俸视郡主"（《清史稿》）。同年，又把皇太极的第十四女和硕公主嫁给平西王吴三桂之子吴应熊为妻。由于清初战争不断，社会生产力遭到严重破坏，为此，孝庄带头提倡节俭，多次将宫中节省的钱物接济灾民，在她的带动下，清初宫中均以崇尚节俭为美德。她的这种削减财政开支的做法，一直影响到康雍两朝。可以说，孝庄是把国家当作自己的家庭来治理的，在家天下的年代，能真正如此，已是一种很高的境界。

作为政治家母亲的孝庄，在处理儿子顺治帝的感情与婚姻问题上，却是尴尬与无奈的。顺治是位率性而痴情的皇帝。他的第一位皇后是孝庄的侄女，他们的联姻具有政治意义，因为清王室与蒙古贵族通婚可以起到巩固北疆的作用，孝庄当时嫁给皇太极即是如此。婚姻作为政治的附庸和工具，这在清王朝似乎已成了必需。在婚姻问题上，顺治一再顶撞母后孝庄，先是废掉了第一位皇后，也就是孝庄的侄女；孝庄保持沉默，容忍了任性的儿子。顺治的第二位皇后，乃科尔沁绰尔济之女博尔济吉特氏。绰尔济为寨桑孙，孝庄为寨桑女，论辈分，第二后为孝庄的侄孙女。但顺治不久又以第二后"又乏长才"为由而欲废之。据当时深受清廷器重的传教士汤若望回忆，"顺治皇帝对于一位满籍军人之夫人，起了一种火热的爱恋"（据杨丙辰译《汤若望传》）。这位夫人指董鄂，为正白旗鄂硕之女。一说董鄂就是冒辟疆之妾董小宛，又说竟为顺治弟博穆博果尔之妻。不管是谁，反正这位董鄂氏被顺治纳入宫中，立为"贤妃""皇贵妃"。顺治对董鄂妃的爱恋达到了狂热的地步，他之所以要废掉第二后，目的是要立董鄂为后。作为曾浴情海的女人，作为深深了解自己儿子的母亲，孝庄不可能不知道这是怎么回事。但孝庄果断地阻止了顺治的第二次废后之举。这才是孝庄，冷静、果决、一切以大局为重，因为两次废掉蒙古显要部落科尔沁的贵族女子，可能导致蒙古动乱，危及儿子的江山社稷。为了让顺治专心朝政，孝庄对董鄂严加管束，干涉她与顺治的关系。董鄂妃幼子夭亡，自己不久也惨死。顺治遭此打击，痛不欲生，几次欲出家为僧，最终郁郁而亡。孝庄为了儿子江山的稳定，却断送了他的爱情和幸福。孝庄少年守寡，如今爱子又匆匆舍她而去，其心中的悲凉、无奈、懊悔等万般感受，不是一般人所能想见的。

顺治死后，孝庄辅佐顺治的儿子，也是她的孙子八岁的玄烨即位，是为康熙帝。此时的孝庄已是清廷德高望重、一言九鼎的人物。康熙十岁丧母，此后就由太皇太后孝庄教养，祖孙感情甚笃。康熙几乎每日上朝之前、下朝之后都要到祖母房中请示问安。孝庄经常面授机宜，培养其主政的能力。她教导康熙说："祖宗骑射开基，武备不可驰。用人行政，务敬以承天，虚公裁决。"（《清史稿》）此实为清朝治国安邦之要略。有一件事颇能说明孝庄的开明和进步。以汤若望为首的西方传教士，因修改历法成功，顺治时受到颇为优厚的待遇。顺治死后，狂妄而盲目自大的鳌拜（康熙四位辅政大臣之一）排斥一切新事物，操纵议政王会议，礼部、刑部杀了一批主张新历的人，准备废除新历，恢复旧历，并说汤若望推行新法就是要大清屈服于西方，阴谋推翻清王朝，计划将其处死。孝庄知道此事后立即出面制止,避免了一场大祸。孝庄不动声色,智除鳌拜后,建议康熙为汤若望等人平反,恢复新历。孝庄作为一个后宫女人,虽然还不懂得具体的科学技术,但她却能顺应时代进步潮流,保护科技人才,采用新的科学成果,确有超出一般人的境界和胸襟。

康熙后来没有辜负祖母对他的厚望。他曾说:"忆自弱龄,早失怙恃,趋承祖母膝下三十余年,鞠养教诲,以至有成。设无祖母太皇太后,断不能致有今日成立。"(《圣祖仁皇帝实录·卷一百三十二》)作为封建社会一位杰出的君主,康熙对祖母如此推崇,可见孝庄的贤能德才。确实,设若没有孝庄这个母性的底座,清初的历史不知会是个什么样子。在"天崩地解"的清初,孝庄做出了一个女人、一位母亲所能做到的一切。清朝能有初期欣欣向荣的气象,以及后来的康乾盛世,是与孝庄这位杰出的后宫女性分不开的。孝庄的成功,无疑是母性的胜利。

贵为后妃的孝庄两次施用美人计，做出了一个女人最大的牺牲，这肯定是不容于封建正史的。正史之所以对孝庄褒奖有加，最主要的依据是她"有武后之才，而无武后之心"，这是符合封建社会不许后宫干政的准则的。可这也不能兼容于女权主义理论，因为她只知道做"妻子"、做"母亲"，女性自主意识不强；而她施用美人计，就是迎合了男性心理。孝庄的才能确不在武则天之下，可是很难想象，在远没有唐朝阔大包容气象的清代，如果孝庄自己一心想当皇帝，会带来怎样灾难性的后果。

做个女人太难了，做孝庄这样的女人更难。假如能请来孝庄，倒可以开个讨论会，让她与史官们、女权主义者们辩一辩。我猜想，孝庄不会后悔两次施用美人计，亦不会后悔当初没有张扬所谓的"女性意识"。如果一定要说什么后悔的话，孝庄最心痛的一定还是她儿子顺治不幸的爱情和婚姻，儿子不幸福，她做母亲将永远心存不安。史官和女权主义者们能体会一个女人、一位母亲的万般心思吗？

康熙二十六年九月，孝庄身患重病，卧床不起。孙子康熙昼夜不离左右，亲尝汤药，精心侍奉。是年十二月二十五日，孝庄去世，享年七十五岁。此时的康熙已羽翼丰满，慈爱的老祖母可以放心去了。

孝庄的后事与武则天一样不合常情。武则天在自己的墓前立无字碑，给后人留下了万千话题。孝庄作为太宗皇太极的皇后，去世后却没有与皇太极合葬，这也是违背清代帝后丧葬制度的。孝庄临终前曾对康熙说："太宗文皇帝梓宫，安奉已久，不可为我轻动。况我心恋汝皇父及汝，不忍远去，务于孝陵近地，择吉安厝，则我心无憾矣。"（《圣祖仁皇帝实录·卷一百三十二》）她实有难言的苦衷，因为她下嫁摄政王多尔衮，再与皇太极合葬就不合情理了。所幸的是，孝庄虽然不能与心爱的丈夫合葬，却离儿孙所在的孝陵不远。但愿阴间没有那么多的政治羁绊和现实枷锁，孝庄可以含饴弄孙，尽享天伦之乐，看着儿子福临与其心爱的女人董鄂耳鬓厮磨，相亲相爱，孝庄一定是偷偷抿嘴而笑……

话说香妃

女人虽然在几千年传统社会中一直处于从属地位,但这并不妨碍她总是频繁地成为人们的谈资和话题。后妃作为万千人瞩目的名女人、高贵女人,甚至权势女人,更是免不了成为别人(可能是世世代代的人们)话题的命运。历史上总是有人借女人还魂、抒情,甚至赚钱。

香妃是清朝乾隆皇帝后宫诸多妃子中的一位,当时宫中呼为容妃。关于她,正史中只有一小段简略的记载:

> 容妃,和卓氏,回部台吉和札赉女。初入宫,号贵人。累进为妃。薨。
>
> ——《清史稿·后妃传》

简洁得不能再简洁,正史的记载反映了女人的实际地位。

香妃是回部人,她的部落曾经与乾隆皇帝的军队打过仗。局势平定后,乾隆就把她和她的哥哥带回京城,封她为贵人,封她的哥哥为官吏,她的进宫带有强烈的和亲色彩。香妃在乾隆后宫谨小慎微地生活了二十八年,死于乾隆五十三年,享年五十五岁。她为妃时已经三十五岁了,"累进为妃"四个字表明,香妃是个规规矩矩的后宫女性,但绝不是三千宠爱在一身的爱姬。从清东陵容妃墓出土的遗骨看，香妃并不是一个倾国倾城的美丽女子，她的头颅短而圆，面部宽阔，额头较低。除了她的回族身份外，她并无突出的地方。但也可能正是她异族后妃的身份给后人留下了巨大的想象空间。

后来，香妃逐渐"演义"成了一位身带异香的奇异女子。究其始作俑者，乃是辛亥革命后出版的一批野史和笔记，如《满清外史》《满清稗史》《清朝野史大观》《今列女传》《古今宫闱秘闻》等。野史和笔记之后，又有讲述香妃故事的京剧和话剧，更有了丰富的民间故事，香妃越传越奇，一段时间曾形成了"香妃热"，甚至"香妃文化"。辛亥革命前后，中国传了两千多年的帝制被彻底颠覆，皇族、皇宫里的故事成了人们，特别是民间热衷的话题，实质上这是人们潜意识里对"皇帝"的向往和怀念。宫廷书籍常常成为一部分人的阅读热点，很大程度上也是由于这个原因。一个普通的宫廷女性最终被人们奇怪的心理"酝酿"成了一个奇异的、朦胧的美女，成为人们茶余饭后的"精神食粮"，有些人简直要说这是对人类文明、对"美"的贡献了。果真如此,人类文明的历史和美的历程也就是人类弄假成真的历史了。

传说中的香妃是一位体有异香、貌美如花的回族女子。关于她的传说,大致有"生"与"死"两个版本。

"生"本以民国五年蔡东藩所著的《清史通俗演义》、许慕义著《清宫历史演义》、许啸天著《清宫十三朝演义》等为代表,认为香妃系"太后赐死"。此书中,香妃是一叛乱回族部落首领的眷属,为小和卓木妃,身有异香;乾隆一见倾心,将其带回宫中百般调和。但香妃心怀国仇家恨,不仅不从,反而在衣服内藏了匕首,伺机行刺皇帝。事情传到慈宁宫,太后唯恐皇帝被害,趁乾隆住宿斋所,传旨宣召香妃,问她志趣,她只说一个"死"字,太后遂令殉节。乾隆几乎因此大病一场,常常睹物伤情,悲怀难释。《清宫历史演义》中,香妃不但是一个行刺皇帝的烈女,而且是乾隆早闻香妃的艳名,一心要将其弄进自己的后宫。这并不难,正好回部叛乱,乾隆出兵,不但镇压了叛乱,而且带回了自己想要的女人。但要香妃"爱"他却不是件容易的事。香妃在身上藏下了几十柄刀子,可见香妃并不爱他,这也就难怪"太后赐死"。《清宫十三朝演义》中,乾隆在香妃被赐死后的伤情被渲染得更加凄切感人。乾隆仔细端详香妃的脸庞,亲手给她捺上眼皮,说道:"香妃香妃!我和你真是别离生死两悠悠!"然后勒下香妃手上的戒指留作纪念。乾隆后来将香妃葬在陶然亭东北角,堆了一个大冢,冢前的石碑上刻"香冢"两字。乾隆又托一位翰林院编修作了一首词刻在碑的背面:"浩浩愁,茫茫劫;短歌终,明月缺。郁郁佳城,中有碧血。碧亦有时尽,血亦有时灭;一缕香魂无断绝,是耶非耶,化为蝴蝶!"简直有了《长恨歌》的味道。

在此后出现的大量民间传说和戏剧中,香妃均以烈女的形象出现,乾隆也被塑造成了一位单相思的风流皇帝。虽然生死两茫茫的结局有了唐明皇与杨贵妃的爱情悲剧色彩，但乾隆的所谓"爱情"显得单薄无聊，女主角硬是多了一点高尚的气节和情操，多了一些国仇家恨。这显然是辛亥革命后一部分文人墨客情绪的曲折反映，不过是借一个女人的美丽躯壳来保全自己的名节。

"死"的版本没有把香妃之死安排在被掳之时或者押送京城的途中，而让其死在皇宫里，带有很大的世俗性。一个美丽的女人在锦衣玉食的皇宫里非正常死亡，这本身就具有了极大的阅读魅力。

"生"的版本却具有更大的世俗性。此版本中，香妃在乾隆花团锦簇的后宫荣耀有加，如烈火烹油。武英殿的西北是浴德殿，里面有土耳其式的浴堂，传为香妃赐浴处。民国以后，浴德殿根据传说配合当时的"香妃热"供奉香妃画像。尽管画像中的香妃一身戎装，身穿铠甲，按剑挺立，但还是使人联想起其赐浴的香艳情状，如白居易《长恨歌》所云，"春寒赐浴华清池，温泉水滑洗凝脂"，体现了小市民的世俗趣味。在清宫，香妃常常想念家乡"金花银叶铁干干"的沙枣树，乾隆因此为其征发差徭，科派沙枣，以为取悦。这也让人想起杨贵妃的荔枝事件。另有以讹传讹的宝月楼、回子营与圆明园内的"远瀛观"，据说均为乾隆为其宠爱的香妃所建，为香妃做礼拜用，以慰其思念家乡之情。这三处也因此为无数的文人所吟咏，这些文人诗词无不流露出对香妃的艳羡之情，能赢得天子的宠爱，那是最幸福的事，文人士大夫们亦是如此。

关于香妃的一些局部问题的传说更是扑朔迷离，版本就更多了。现存的香妃画像分别有旗妆像、戎装像、洋妆像，均为清代宫廷画师——意大利人郎世宁所画。这三幅画"挖掘"了香妃的不同韵味，风采迷人，多姿多彩，香妃因此成了给人留下无穷的想象空间的明星皇妃。但据现在考证，这些画虽为郎世宁的手笔，可画中人却不是香妃。明星常常是糊里糊涂地产生的。

香妃墓亦有三处。一是京城南下洼亭北的"香冢",传说香妃坚贞不屈被太后赐死后就草草埋葬在此。二是新疆喀什城郊的"香妃墓",为一座古老的民族建筑,方庐穹顶,琉璃墙柱间铺砌着精美的白色石膏雕饰。在香妃的故乡喀什,流传着这样的故事:香妃进京之前,曾向乾隆提出三项条件,一是在京城为她建造具有民族特色的房屋,二是与哥哥同去北京,三是死后运归家乡。据说,香妃去世后,由其嫂子护送回故乡,跋山涉水,走了三年时间才到了喀什。

三就是河北遵化的容妃墓,1979年出土,证实了该处才是香妃的真实陵寝。"香冢""香妃墓"曾为无数的文人骚客所吟咏,成了他们抒发幽幽情思的载体,那"一缕香魂无断绝,是耶非耶,化为蝴蝶!"的题词,更使无数过客游人徘徊不去,浮想联翩,若有人焉。但香妃真正的埋身之处,却无人顾及,更无人吟咏,典型的身后寂寞。其实,那么多有关香妃的诗词歌赋于香妃又有何补呢?不过,将那么多关注她、借她还魂的人引开去,香妃倒也落得清静。

真实的香妃也是"工具",是民族和亲的工具。这与王昭君相似,只不过王昭君是汉族和亲到少数民族,香妃是作为少数民族的代表和亲到满族,但在远嫁异族这一点上,她们是没有区别的。香妃是乾隆皇帝四十一位后妃中唯一的维吾尔族女子,也是一位伊斯兰教的信徒。她生于雍正十二年,是新疆秉持回教始祖派噶木巴尔的后裔,世居叶尔羌,为和卓族,其父为回部第二十九氏。大小和卓叛乱时,香妃的哥哥图尔都因反对叛乱被迫全家迁往伊犁。后来,香妃的叔叔及堂兄配合清朝军队平息了大小和卓的叛乱,香妃的哥哥、叔叔及堂兄因此被召入京师,香妃也一同前往,以和贵人的身份出现在乾隆后宫。不难看出,香妃的进宫与乾隆的民族政策有关。乾隆的妃嫔中,蒙、汉、满均有,现在又有了回部,其用意是通过与民族上层人物的联姻,获得各族对清朝政府的支持。因此,香妃在清廷受到了礼遇。她先被立为贵人，不久又被立为嫔，三十五岁被册封为妃，其间，她在京亲属也被封爵授禄。四十岁和五十岁，乾隆为其两次庆贺寿辰。乾隆南巡苏州、杭州，东巡泰山、曲阜，以及到热河围猎，香妃都是随侍在侧的六位妃子之一，并多次得到乾隆的赏赐。她的民族和宗教习惯也得到了尊重，如：召回部杂技团进宫表演，专设维族厨师，赏赐时不忘她的民族禁忌，她死后的棺木上刻伊斯兰教的《古兰经》经文等。但是香妃受到的明显只是"礼遇"，而不是"情遇"，她没有得到野史中所说的那种男人对女人的钟情，虽然这几乎是每个女人都梦想得到的。据正史记载，香妃的每次晋升都是乾隆奉了太后的懿旨进行的，不管太后也好，乾隆也好，看重的都是香妃的民族身份，女人鲜活的生命本体不由自主地被异化成了"身份"的空壳。

香妃在乾隆后宫生活了二十八年，死后作为乾隆的妃子之一被安葬在河北遵化。回到她的故乡喀什的只能是她的一缕香魂了。她家乡的人民自然也希望（幻想）香妃能回到故乡喀什。在喀什，除了"香妃墓"外，还有香娘娘庙，妇女求子、女子择婿、夫妇不睦，都到庙里祈祷。不用香烛祭品，但手捧门锁尽情一哭即可。一项和亲的任务已经够她受的，再让她管这么多的事，她受得了吗？要么让其成为工具，要么让其成为神仙，就是不能让她成为"人"，这恐怕太残酷了一点。

从兰儿到慈禧

　　清代自孝庄文皇后以后,一直没有掌权的后宫女人,直到慈禧。慈禧不但是清代唯一垂帘听政的后宫女子,也是中国近代史上最有影响、最具权力的女性。慈禧的才色在清代与孝庄齐名,但后人对慈禧的评价却是孝庄的反面。
　　慈禧的出身根本不能与孝庄相比。孝庄出生蒙古显族博尔济吉特氏,清廷出于政治考虑,谁也不敢轻易得罪她。慈禧姓叶赫那拉氏,其父惠征只是个安徽候补道员。加之家庭变故,慈禧从小对世态炎凉就有了深切的体会,滋长了追逐权势的欲望。慈禧出生在南方,父亲给她取了一个清新康健的乳名——兰儿。"慈禧"已经与贪婪、专制、奢侈、卖国求荣联系在一起,大概很少有人知道她还有这样一个名字。惠征候补了好几年也没能得到一好缺,弄得家道中落。但他这位千金却聪明过人,凡是坊间流行的小曲儿,只要听过几遍,马上就能曼声唱出。慈禧从小性格狡黠泼辣,不光年龄与她相仿的人斗不过她,就是岁数比她大、经验比她丰富的人,也惧怕她三分,害怕上她的当、吃她的亏、挨她的骂。加上她生得美丽,常被人夸奖,她就更觉胜人一筹,大有顾影生怜的意态。兰儿对作为女孩儿基本功的针线活等并不在意,平时只管写字、读书、吟诗,尤其喜欢历史上的女皇后妃故事,曾自比"贱日岂殊众,贵来方悟稀"的西子和留下"生男勿喜女勿悲，生女也可壮门楣"遗歌的杨贵妃。她对武则天，更是佩服得五体投地。

对于一个人的发展，人格个性是基础，起着至关重要的作用。但人们往往忽略了这关键的一点，而只到社会历史中去找原因。人们常说：眼睛是心灵的窗户，侍奉慈禧"老佛爷"多年的老太监信修明在《老太监的回忆》中曾这样描写慈禧的眼睛：

> 慈禧皇太后之威严，皆在眼神。平日直如日电，无人敢对其光，声音亦洪亮。每朝见群臣时，霁颜寒暄，令大臣之心情有意外之感激。初见面，必问大臣家中日常之琐事，如妻妾子女等，无不详细动问，乃至姬妾孰贤，子女孰肯读书。对于老臣之饮食起居，亦切切嘱之以珍重。令大臣几乎忘记是在朝廷之上。言谈之间，突然辞锋转变，眼光灼耀，问某一件事："你们办得怎么样？"此一问往往令人答之不及，不由汗透衣褂。所以，每一大臣觐见退朝时，

差不多满头是汗，极道太后之圣明。袁世凯曾说："余在万军之中，心极坦然，独朝见皇太后时，不知汗从何处来，而如此心怯也。"

此段文字堪称"史"笔，不但写出了慈禧之"形"，更极写慈禧之"神"。读了这一段，我也不禁悚然而惊，"汗透衣褂"，倒不是怕慈禧看出我心中的"鬼把戏"，而是惊愕于人格结构的颠扑不破。可以这样说，袁世凯等人之"怯"与慈禧儿时小伙伴们对她的"怕"一脉相承，本质上没什么区别。戊戌变法在光绪与慈禧的政治较量中，如果不是袁世凯对慈禧的"怯"，中国近代史将会重写。

几乎每个后宫权力女性，都有自己的辛酸奋斗史。她们没有参加科举考试的资格，不可能由此走向权力的高峰。她们只能通过做皇帝的老婆来实现自己的权力梦想。后宫女人的竞争更不具有公平性，她们不但要使用男人们的所有权谋，还要把女人的优势和特点用好用足。那拉氏再聪明、再有能耐，也不能省去这些过程。兰儿的父亲贫病交加，病死安徽后，家中连买棺材的钱也没有了，最后是在父亲生前好友吴棠等人的接济下，兰儿才奉着眼泪淋淋的寡母，牵着幼小的弟妹，护送父亲的棺，历尽千辛万苦，回到京城。穷人的孩子早当家，此时的慈禧年方十余。在京城，出生寒微的兰儿虽受尽冷遇，但她的人格结构坚不可摧，她的理想如日之灼灼。她需要的只是机会。

那拉氏十六岁那年，碰上咸丰皇帝广选天下美女。她终于等来了第一个机会，以其独特的风韵被咸丰选中。刚进宫时，那拉氏只是一个在圆明园打扫落叶的宫女；但她有的是办法，不久就赢得了咸丰的青睐，被封为贵人，宫中呼为"兰贵人"。此后不久，她又被封为懿嫔。两年后她生下了咸丰皇帝唯一的儿子载淳，母以子贵，加封懿妃；次年，又加上了"贵"字，成为仅次于皇后钮祜禄氏的贵妃娘娘。经过这些事情以后，那拉氏大概更加坚信：只要去努力，没有她办不成的事。

随着与咸丰接触的日益密切，那拉氏也知道了不少国家大事，并且常常能谈谈自己的看法，且不乏见地。咸丰平庸，乐得由懿贵妃帮他批文下诏。从亲身的实践，那拉氏进一步认识到：女人不一定比男人差，女人如果当了皇上，照样可以治理国家。但清朝有一条祖宗立下的规矩：后宫不得干预政事，后妃参与政事，那是后宫女性最忌讳的事，因此那拉氏不得不有所收敛。不过，那拉氏此时的人格结构已经基本定型，擅权只是迟早的事。何况，皇帝丈夫平庸，她又为他生下了唯一的龙种。

强烈的权力欲是那拉氏受人抨击较多的一项。对于那拉氏来说，权力欲当然不是与生俱来的。首先，她的身世，她从小所经历的世态炎凉，早已使她认识到：没有权力不行。没有权力，像她父亲惠征那样，连福妻荫子都谈不上。其次，后宫残酷的斗争环境也逼着她去追逐权力。为了自保，她必须追逐权力。早在她协助咸丰处理奏章时，大臣们就多次密奏咸丰皇帝，说懿贵妃有专权的野心。好在咸丰当时沉湎于酒色之中，并未在意此事，否则她早已被"拿下"了。咸丰虽然对那拉氏恩宠有加，但在他病死热河之前，却牢记祖上后妃不干政的训诫，封了八名顾命大臣，即御前大臣肃顺、载垣、端华、景寿，军机大臣穆荫、匡源、杜翰、焦佑瀛，将朝政委托给了他们，并未给那拉氏留下一席之地。为了防止她日后将自己凌驾于慈安皇太后（孝贞显皇后）之上，咸丰还秘密给了慈安一份可以制裁她的手谕。肃顺是一个极端的男权主义者，素来以强暴著称。咸丰一死，那拉氏就更成了他压制的对象。肃顺以为孤儿寡母可欺，仗着诸亲王在京留守，大局已定，以顾命大臣自居，常以危词要挟两宫太后。东宫孝贞老实无能，只知道哭泣。至此，那拉氏作为慈禧太后（孝钦显皇后），成了一个被加上了强压的弹簧。慈禧深知权力斗争的残酷性：你死我活。因此，从某种程度上来讲，这根弹簧上的压力越大，它也就会弹跳得越高，越具有破坏性。于是才有了那拉氏后来的夺权阴谋，八大臣中三人被处死，五人被革职或充军，栽在了被他们瞧不起并加以压制的女人手里。那拉氏从小养成的人格个性几乎全在权力斗争上发挥出来。此时的那拉氏只有二十六岁。不久，六岁的小皇帝载淳即位，改元为同治，意为两宫太后共同治理。养心殿里垂下了一道中国近代史上著名的帘子，影响了中国近半个世纪。

虽说是两宫太后一起垂帘听政，但东宫太后慈安是个老好人，只是陪着西太后慈禧挂个名而已。慈禧的第一次垂帘听政，某种程度上讲，是出于被逼无奈。慈禧因子而尊，人又聪明善于权术，因此成了国际国内关注的中国政治的中心人物。

光绪十五年正月，光绪大婚后，慈禧还政。戊戌变法时期，慈禧的政治利益受到严重挑战，不得不又跳到前台，剪了光绪的羽翼，开始第三次垂帘听政，直至她死去。

戊戌变法中，慈禧被想象成了唯一的丑角。

戊戌变法中，有不少人成就了一生的"功

名"。慈禧的"坏"和"恶"相当程度上得力于这次戊戌事变。光绪皇帝颁布了一百多条新政诏令，在经济、政治、文教等方面实行变法。以康有为、梁启超等为代表的维新派妄想仿效日本明治维新，依靠年轻开明的光绪皇帝，使国家改变法统，由君主专制变为君主立宪制，以图国家的富强。康有为等人的变法必然危及慈禧的权力地位，她自然不能坐视不管。慈禧一生的经验和教训告诉她：其他什么都可以让步，但事关权力，断无让步之理。于是，慈禧太后发动政变，幽禁光绪皇帝于瀛台，重新临朝训政，皇族命运又一次发生变故。在慈禧手里，清王朝晚期真是多事之秋。

最近，有人找到了研究皇族命运多舛的新视角，认为皇族命运多舛与一种霉菌孢子有关。人在呼吸中吸进一定量的霉菌孢子，长此以往，便会性情乖戾或意志崩溃。潮湿的木质房子里很容易产生霉菌，一经扰动，空气里便会常飘浮着孢子。皇族第一、二代在军营马背上度过，一般无缘碰到霉菌孢子；后代皇族居住在深院大宅，拥金卧玉，霉菌孢子便成了他们隐秘的伴侣。中国元代以后，皇族定都北京，把几汪湖水称作"海"，有所谓北海、中海、南海，他们居住在"海"边低矮的宫殿，小门细窗，阳光难得照进来，霉菌孢子自然更加肆虐猖狂，中国皇权社会也就逐渐走入闭关锁国、霉斑点点的垂垂老境。不过，我总怀疑小小霉菌孢子是否有如此能耐，能让中国封建王朝不停地改朝换代。肯定还有比霉菌孢子更厉害的东西，那就是社会机体上的霉菌孢子，是专制毒瘤，特别是流传久远的专制集权意识。在封建专制权力面前，恐怕谁也不能等闲视之，就是标榜一心为了强国富民的康有为康先生恐怕也不能例外。关于这一点，康有为有件事颇耐人寻味。据说，戊戌年间，光绪皇帝给了康有为等一道密诏，内容是让他想一个两全其美的法子，既能让宪法得以实施，又不过分得罪慈禧老佛爷。但康有为却将这道密诏改了，变成了命袁世凯去天津，将慈禧的军事后盾也是袁世凯的顶头上司——直隶总督兼北洋大臣的荣禄杀掉，然后拥兵进京，包围颐和园，除掉慈禧太后。权力功名亦是康有为迷恋的东西，他之所以这样做，是因为有慈禧在，就根本没有他们的权力可言。慈禧老佛爷正是从袁世凯那里知道了这道"伪诏"后才决意发动政变的，因此，"伪诏"事件某种程度上直接导致了变法的失败。

袁世凯之所以"叛变告密"，也是因为一个"权"字。他知道，虽然看起来由光绪皇帝亲政，但实际权力仍然掌握在慈禧老佛爷手里，想到慈禧那"灼耀"的目光，他哪还敢在老佛爷头上动土。在慈禧老佛爷面前，在专制权力面前，他只有做奴才的份。慈禧死后，袁世凯想过把皇帝瘾，但没成功，生生把自己弄成了最大的小丑。

看来，对于权力，不只是慈禧老佛爷在乎，光绪皇帝、袁世凯还有康有为等都特别在乎。中国皇权专制社会辗转绵延的时间之长乃世界之最，权力意识自然深入人心。况且，慈禧老佛爷见过的世面非光绪、袁世凯、康有为等小的们所能比，她知道权力的重要性，知道权力是个好东西，更懂得如何掌权、弄权、维权。对于掌握专制权力的人来说，权力当然越集中越好。但一个普遍的规律是：越是集中的，越是专制的，越是长久不了，所以中国的皇帝就像走马灯似的你方唱罢我登场，所谓"分久必合，合久必分"，实际是"分不久便合，合不久便分"。在慈禧统治中国的四十七年间，她借洋兵助剿太平天国，与列强签订一系列不平等条约，扼杀戊戌维新，残杀义和团，允许义和团进京烧掠外国使馆（因为洋人要太后"归政"），以及她临死前宣布施行"新政"（以此掩人耳目、缓解革命危机）等，都是为了一个"权"字，一切都是为了这个"权"字。专制权力及其意识无疑是真正的丑角。

专制这霉菌孢子真是够厉害的，在它的腐蚀下，兰儿变成了慈禧老佛爷。

自古以来，中国的女主均无贤名，这是一个值得研究的现象。女性历来被排斥于政治之外，女人参政甚至主政，从根本上就坏了规矩，成了大逆不道。而且，女人要取得统治地位，其阻力更大，因而也就具有更大的破坏性，名声就更好不到哪里去。慈禧也是如此。封建社会到了清朝，已是积重难返，霉味十足，走入穷途末路。若将一切国仇家恨，国之丧权之辱，将对几千年来的专制权力的深仇大恨都归集到慈禧一人头上，恐怕也有欠公允。

研究后宫权力女性，人们往往从两个方面着手：一是"权"，二是"性"。女主的"性"实际上就是个"私生活"的问题。男性帝王的婚姻常常具有政治色彩，而女主（后妃）的婚姻基本上就是一个"色"字，所谓"以色事君"。男性帝王死了皇后，他可以堂而皇之地续立，名正言顺地时时拥有许多女人。但男性皇帝死了，后妃们再也不可能续嫁，有的甚至还要殉葬，或者削发为尼为死去的皇帝祈祷阴福。但是，"色"者，性也，年纪轻轻的独守宫闱实在是不人道的。特别是独守宫闱的女主，她们一方面拥有无上的权力，另一方面又囿于封建道德伦理，不能与男性正常交往，为本性所驱使做偷偷摸摸的事情必然造成人性的扭曲。与前代女主相比，慈禧的"私生活"是比较收敛的。据信修明《太监谈往录》记载，慈禧宫中所选太监多为"性质柔和，面貌不扬之人"，不知慈禧出于何种用心：选丑不选美是为了防止"乱性"，抑或是为了遮人耳目？传闻最多的是她与太监李莲英的关系，据说李莲英这个太监是假的。《清朝野史大观》有这样一段记载：

  当时慈眷之（指李莲英——引者注）隆，至与孝钦后并坐听戏。内廷御膳，所遗各馔，例与内监膳用。孝钦后遇有莲英所嗜之品，多节食以遗之，或先命小珰撤去，留俟莲英食之。

  慈禧的这些做法很像平常人家的媳妇，为男人留吃的，这是爱之大者、暖者。如果李莲英太监是真，慈禧的"辛酸"可以想见；如果李莲英太监是假，那倒也可以看出慈禧性格中与狠毒奸诈相反的另一面。人的本性受到压抑必然严重影响其人格个性，慈禧的乖戾与反复无常可能与她的私生活状况不无关系。

慈禧虽然自同治始一直处于权力的顶峰，但太监信修明却认为她是"天地间最痛苦之人"，并说慈禧"时常暗泣"。信修明的话虽然有点奴才气，但慈禧的眼泪应该也不完全是鳄鱼的眼泪。掌握着专制权力的人常常不是幸福之人，或者说，掌握着专制权力的人并不认为自己是幸福的。

关于慈禧的名号，现在最流行的称呼是"兰贵人"，这是新近发明并投放市场的一种化妆品，卖得很火。慈禧为"兰贵人"时，是刚刚绽放的花朵，春风得意，上承皇上的雨露，如梨花带雨，下有众宫女的羡慕和恭维，如骄傲的公主。以这样的名字作为品牌，自然会有很好的卖点。而"兰儿"较"乡气"，虽然"兰贵人"为"兰儿"之时，是江南一聪明伶俐的小女孩，能唱许多江南小曲，家境虽不宽裕，但尚不晓世事，单纯而快乐。叫"慈禧"更不行，它几乎就是贪婪、狠毒、专制、奢侈、卖国求荣的代名词，以此为品牌，肯定卖不掉。这里，商业原则成了压倒一切的首要原则，"人"已经不重要，"兰儿"和"慈禧"都是没人要的。不过，从人们的这种消费心理倒是可以看出，时下相当一部分人对于"人"，特别是女人的理解和取舍的原则。

今日后宫

关于"后宫",《辞海》解释为:"古时妃嫔所居。"依此,现在的后宫已经很少了,因为如今的皇帝已不多,拥有几个后妃(或皇夫)的皇帝就更少。我要说的"今日后宫",并非指实际存在的后宫,而是指"后宫"观念在现代人思想意识中的残留。

在中国，历代后宫无不"兴旺"，"上下五千年"，一部文明史中就有一部后宫史。无论是和平年代，还是战争岁月，都会有无数的美人被一顶顶花轿抬进后宫。皇帝至高无上，他想做的事，除了永保天下外，没有一件做不成的。让自己的后宫美女如云，这大概是每个男性皇帝最想做的事之一。假如历代皇帝均为女性，她们的后宫也一定大有可观。只不过，她们后宫中的人儿不是美丽的女人，而是俊美的男性。后宫制度历久不衰，恐怕只能用弗洛伊德的理论来解释。

统治阶级的思想是占统治地位的思想。封建士大夫们虽然不敢像帝王那样三宫六院七十二妃，但娶几个老婆是不成问题的。你皇帝弄了那么多女人放在后宫，我弄几个女人放在自家后院还不行吗？士大夫们的后院实际上就是一个微型的后宫。在经济许可的情况下，一般人也尽量会娶小老婆。因此，封建社会几千年，有一部分男人是拥有不止一个女人的。拥有多个女人的思想观念早已沉淀到了男性的潜意识深处。

去年夏天,我与几位老同学聚会,大家酒都有点多了。席间,我问其中一位同学他所理解的理想的家庭与两性关系。这位老兄醉眼蒙眬地盯着我,说:"像这种天,我躺在竹榻上,一个老婆为我轻轻地捶背,一个老婆为我轻摇羽扇,旁边有通房丫头为我点烟,后院房中还有一个更美丽更性感的女人在等着我……"我不禁愕然。酒后吐真言,我相信他说的是真话。到了20世纪末的今天,在每个男人的潜意识深处,是否仍然有着拥有几个或者多个女人,甚至女人多多益善的愿望?

在美国纽约,有一家"忠诚侦探所"。据说他们雇佣了三十名美貌女模特儿为诱饵,一年内已接受了四百余名女子的委托,对她们怀疑的心上人——其中既有丈夫也有未婚夫——进行"考察"。结果,居然没有一名男士能抵挡女模特儿的美色诱惑,他们或者与前来搭讪的女模特儿调情,或者留下了电话号码要求约会,甚至还有人提出了上床的非分要求。美国的一些女权主义者和妇女活动家因此纷纷感叹世风日下,并对男士的道德败坏加以无情的谴责。一时间,男士们成了过街老鼠。如果一定要为男士们辩护的话,只能昧着良心用一句"爱美之心人皆有之"的话打发。

在大多数国家,法律上拥有一个以上的女人已不可能了,但这并不妨碍男人在非法律意义上拥有几个或多个女人。随着改革开放,海外的款儿们很快在国内金屋藏娇,养起了外室;国内的一些男人发达了以后,也在家庭之外包养起了女人;一些政府官员,也凭借权势长期霸占着自己法定妻子以外的女性,他们都是以非爱情(反爱情)的"魅力"吸引着女性,以非爱情的手段占有着不止一个女人。因此,从某种意义上说,后宫依然存在,只不过非公开化了,规模小了,地理位置分散了,不限于自家宅院。

几千年的"后宫",带给女人的是对男性的依附性,政治上的、经济上的,特别是精神、人格和思想意识上的。事到如今，仍然有些女性愿意依附于男性，不要夫妻名分，没有人格独立，这是不奇怪的。

女人在外面养"小白脸"也早就不足为奇，只不过，女人的"后宫"意识没有男性那么强烈罢了。但这只不过是五十步与一百步的关系，没有本质的区别。如果那家"忠诚侦探所"雇佣超级美男来对女性进行同样的考验的话，估计女同胞们的表现也一定大有可观。是否可以这样说，男女潜意识里都有占有更多异性的愿望？那么，真正专一的情感与肉体呢？

好在如今要像皇帝那样绝对拥有多个异性已经不可能了，这也许正是社会和两性关系的进步？

后记

按照一些女权主义者的观点，男性不可能成为"女权主义者"，最多只能是女权主义的"支持者"。写了这本小书的我，不知能不能忝在"支持者"之列。当然，有人骂我为"大男子汉主义"也未可知，所谓女权主义的陷阱实在太多。不过从我内心来说，我既无意于做女权主义者，也无意于做女权运动的支持者,我希望我是一个"人"(男人女人,女人男人)权主义者。对于历史人物,对于历史上的后妃,还她们生命本体的本来面目,揭示遮蔽、压抑女性生命本体和人类爱情婚姻本质的种种因素,是我写作这本小书的始点和终点。

从今年3月接受这本书的写作任务至今,也正是我在《钟山》的工作较为繁忙的时期,因此,我与这些后妃们"相遇"大多在夜深人静之时。在此期间,洗衣做饭亦为本人,实不忍心有劳"红颜"。

我与责任编辑易和声女士从未谋面,与她及她先生只通过几次电话,以"声"断人,我觉得她应该是一位优秀的女性,自然也是一位优秀的编辑。祝福他们。

1998年9月

补记：此书原为湖南人民出版社易和声女士所约，后转岳麓书社出版。蒙岳麓书社诸位关照，一并感谢。

1999年元月

附 录

红颜的知己

——贾梦玮《红颜挽歌》读后

潘向黎

没有见过贾梦玮,但是早就知道他是《钟山》的年轻编辑。后来才知道他有着我们同龄人少有的经历:他初中毕业后因家境贫寒辍学,先后任职于学校、机关、企业,靠自修取得高等教育自学考试专科、本科学历,后考取南京大学中文系研究生,获得了文学硕士的学位。像他这样吃过苦的人,如果变成一个愤世嫉俗或阴郁峻狭的人，就有些落套了。但是，看完他的第一本散文专著《红颜挽歌》，我发现他的心态极好，慧眼独具又善解人意，对人性充满了理解和同情，而且支持真正意义上的女性解放，堪称红颜知己——红颜的知己。他还算得上一些时尚杂志上所推重的"新好男人"，不信请看后记，他写作此书完全是在繁忙的编辑工作之余、夜深人静之后，而且在写作此书的半年之中，他还要洗衣做饭，因为"实不忍心有劳'红颜'"。以前忙于事业的男人身后总有一个甘心奉献蓬头垢面的"好女人"，如今的年轻一代，不但在生活中身体力行，而且在观念上认为怜香惜玉天经地义，真是"新"得好。

言归正传，《红颜知己》是"长河随笔"中的一本，这套丛书都是历史随笔，每一本都围绕一个专题，不是天女散花式的结集，所以可读性比较强。《红颜挽歌》选题新颖，写的是历史上的后、妃、宫女，即中国三千多年间宫墙之中那些特殊的女性。贾梦玮写这些女性，既有翔实的史料，又绝非考证论文，既有丰富的想象力，又与那些浅薄油滑的"戏说"有天壤之别。

难得的是他没有把那些特殊的女性当成猎奇的对象，也没有用男性立场（不论传统的或"当代"的）歪曲和苛责她们。他对笔下的女性倾注了深深的同情和体察，他对"红颜"们绝不是谬托知己，因为他尊重她们作为人本身的生命价值和人性尊严，"将后宫逸事中的女性主角提升到大写的人的层面进行历史的重新审视""站在一个非男性非女性的视角——一个完全人性和人道主义的纯粹眼光——来透视这些处于历史夹缝中的人"（评论家丁帆语）。正因为如此，在他笔下，这些"红颜"们的被扼杀、扭曲、戕害，不仅是"女"的悲剧，更是"人"的悲剧。红颜挽歌，挽的是"千红一哭万艳同悲"，更深的层面上挽的是封建专制制度下被窒息的人和人性。这是本书思想内涵最深刻的一点。

由于用当代意识烛照幽暗神秘的宫墙，作者笔下精彩独到的见解俯拾皆是。比如因为昭明太子认为司马相如的《长门赋》感动了汉武帝，使被打入冷宫的陈皇后重新得到宠爱（而事实是陈皇后在孤寂中死在了长门宫），作者没有简单地批评或者嘲笑昭明太子，而是感慨地写道："昭明太子大概是一个酷爱文学、崇拜文学的人，他是不忍心让文学一败涂地，历代文人总是在迷恋着文学的伟大作用。其实，在专制体制之下，在专制统治者面前，文学能起得了多大作用呢？专制体制无疑是反文学的。"

他对唐明皇和杨贵妃的爱情悲剧的理解是"专制制度对爱情的戕害"，进而做出判断——"专制制度本质上是反人性、人情的。因此，后宫之中难有纯粹的爱情；即使有，也注定了长久不了"。远远超越了"天子负心"或者"红颜祸水"的陈腐之争。

对于"祸水说"他做了分析，能够祸及国家的都是后妃，因为平常人家的妻子，再美再出格，最多只能祸家。而即使是后妃，女人不能参政，女人之祸害必须通过她的皇帝丈夫，所以问题还是出在男人（皇帝）身上。而且，如果不是皇帝一个人说了算的封建专制制度，后妃何以能够通过"祸"皇帝产生"祸"国家的结果？可见问题不在女人身上。而且，当女人武则天当了皇帝，男人的"媚功"也好生了得，她的晚年由于宠信男宠张氏兄弟，几乎乱了阵脚，可见只要地位对换，男人也可以成为祸水。如此步步紧逼地剖析下来，"专制制度乃是祸水之源"的结论就水到渠成了。

　　同样，作者也没有一味支持"女权"，他以吕后为例，指出女人也并非天生优于男性，至少在专制权力的腐蚀下，女性和男性一样会失去人性，那种恶的派生物是没有性别之分的。对此我深以为然。难道女性要解放，竟然要以吕后、武则天这样丧失人性的人为蓝本吗？如果以失去女性天赋的和平、美好为前提，和男人比心狠手辣，那么我们刚出发就走错了路。正因为如此,我特别欣赏作者不偏不倚的立场和清明冷静的态度。

真希望像这样的红颜的知己多一些。多少年来,男性执着于希望女人成为自己的红颜知己,却不愿不屑去成为红颜的知己。如果男人用寻找、塑造红颜知己的一半精力来使自己成为红颜的知己,不但女人会生活得幸福些,说不定人类社会早就进步得多了。实在不必用"丈夫气概"做借口,论英雄,你能比得了项羽吗,"力拔山兮气盖世"的那位?可是"什么帝王业绩,早已化作了尘土,如今看来,它还不如一个'虞美人'的词牌长久"。(《关于虞姬》)

1999 年

图书在版编目（CIP）数据

红颜 / 贾梦玮著. -- 上海：上海文艺出版社，2024. -- ISBN 978-7-5321-9075-1

Ⅰ．I267

中国国家版本馆CIP数据核字第2024QS1672号

发 行 人：毕　胜
责任编辑：张诗扬　景柯庆
封面设计：山川制本workshop
封面画家：范钟鸣

书　　名：红颜
作　　者：贾梦玮
出　　版：上海世纪出版集团　上海文艺出版社
地　　址：上海市闵行区号景路159弄A座2楼 201101
发　　行：上海文艺出版社发行中心
　　　　　上海市闵行区号景路159弄A座2楼206室 201101 www.ewen.co
印　　刷：上海盛通时代印刷有限公司
开　　本：890×1240　1/32
印　　张：10.5
插　　页：5
字　　数：133,000
印　　次：2025年1月第1版 2025年1月第1次印刷
Ｉ Ｓ Ｂ Ｎ：978-7-5321-9075-1/I.7142
定　　价：78.00元
告 读 者：如发现本书有质量问题请与印刷厂质量科联系　T：021-37910000